TAMBIÉN LA AFRENTA ES VENENO

Luis Vélez de Guevara

PERSONAS

EL REY DE PORTUGAL
EL MAESTRE DE AVÍS, *su hermano*
EL PRIOR DE OCRATO
VASCO DE ALMEIDA
DON CLAUDIO
JUAN LORENZO DE ACUÑA
LA INFANTA
DOÑA LEONOR DE MENESES
GUIOMAR, *criada*
BARRETO, *gracioso*
UN PINTOR
Música

JORNADA PRIMERA

(De Luis Vélez de Guevara.)

Salen los *MÚSICOS* cantando.

MÚSICOS

A las fiestas que hace el valle
al despedirse el invierno
con la venida de Abril
tan deseada en el suelo,
los arroyos desatados
de la prisión que tuvieron,
bajan a ser de las aves
músicos, del sol espejos.
Verdes gigantes los montes,
ya como riscos soberbios,
con las galas del verano
enamoran los luceros.
A la risa de las fuentes
y al aplauso de los ecos,
alienten estrellas los prados,
cortesanos lisonjeros.

(*Salen el* REY, *de gala, el* MAESTRE, DON CLAUDIO, VASCO *y* EL PRIOR.)

REY   No han abierto una ventana.
PRIOR   Habranla en el alma abierto,
          que por más escandalosa,
          señor, condenará el dueño
          la de los balcones.
REY   ¡Ay,
          Prior de Ocrato, que temo
          que es en el alma lo mismo,
          que tiene de bronce el pecho!
PRIOR   Nada puede resistirse
          a un Rey, y Rey en efecto
          de Portugal; vuestra alteza
          desconfía como cuerdo

y ama como portugués,
que de amor es sombra el miedo.

REY   Don Claudio de Portugal,
yo amo a una roca de acero,
un escollo de diamante,
idolatro un áspid; luego
una montaña conquisto,
un imposible deseo,
y un basilisco en el alma
es mi huésped de aposento;
por amante no la obligo,
por rey vencerla no puedo,
por vasalla no me admite
con humos de casamiento
por desigual de quien soy;
aunque es tan noble, la dejo,
y ambos nos desconcertamos,
yo por más y ella por menos.
¡Oh mal hayan pundonores
de vasallajes y reinos,
si amor igualó las almas
y es más soberano imperio!
Vive Dios, que he de casarme
con ella, aunque ponga a riesgo
la amistad del rey don Jaime
de Aragón, tan grande deudo,
con cuya Infanta, Prior,
por mis poderes se han hecho
ya las capitulaciones,
y esperan que por momentos
vaya el Maestre de Avís,
mi hermano, por ella.

PRIOR   En tiempo
está, Señor, vuestra alteza
como Rey, y como dueño
de su gusto, deponer
por ejecución deseos
tan enamorados, que
no será el primer ejemplo
entre los reyes el tuyo,

pues tantos, como sabemos,
con vasallas se han casado,
y no está el ejemplo lejos
de vuestro padre con doña
Inés de Castro, que hoy vemos
en el mármol coronada
de su insigne mausoleo
Por Reina de Portugal,
y doña Leonor no es menos
por Téllez y por Meneses.

REY   Prior, que como discreto
vasallo, que como noble
alientas mis pensamientos,
no sin causa eres de mí
el más válido, que es necio
quien de un rey se opone al gusto
con no escuchados consejos.
Doña Leonor de Meneses,
en quien tan gran sangre veo
con tan divina hermosura,
ha de ser Reina, en efecto,
de Portugal, que mi amor
la ha dado merecimientos
Para serlo de dos mundos;
perdone Aragón y el reino
si se ofenden, de que rompa
fe, amistad y parentesco
con don Jaime y con Leonor,
su Infanta, que la que quiero
es la de Meneses sola,
dueño y alma de mi pecho;
ésta es la Leonor que adoro,
todas de esta que deseo
son sombras, y es este nombre
tan repetido en los ecos
de mi amor, que no he tratado
en Castilla casamiento,
en Francia, ni en Aragón,
después que por esta muero,
que no hayan sido Leonores

                         todas, que parece extremo
                         o prodigio de la estrella
                         que me inclina a este portento
                         de hermosura.
PRIOR   ¿Vuestra alteza
                         no podrá con otros medios
                         rendir su altivez?
REY   Prior,
                         ¿quién os acompaña?
PRIOR   Vuestro
                         hermano don Juan, maestre
                         de Avís, y con él el viejo
                         ayo de vuestras altezas,
                         Vasco de Almeida.
REY   Confieso
                         que respeto su valor
                         y que alabo sus alientos
                         en esta edad.
VASCO   Llevará
                         bien guardadas por lo menos
                         vuestra alteza las espaldas.
REY   Muchos días ha que creo
                         eso de vos, Vasco.
MAESTRE   Y yo
                         a vuestra alteza le ofrezco
                         lo mismo que Almeida.
REY   Hermano
                         ya tengo en vos de eso mesmo
                         muchas experiencias, todas
                         al amor grande que os tengo
                         debidas; ¡hola! volved
                         a cantar, que ver espero
                         antes que de aquí me vaya
                         el sol, o los soles bellos
                         de Leonor.
VASCO   ¡Fuerza notable
                         de amor y obstinado empeño!
MÚSICOS (*Cantando.*)   Al parabién que dan todos,
                         fuentes, montes y arroyuelos,
                         prados, valles, ecos y aves,

las estrellas y luceros.

(Salen JUAN LORENZO DE ACUÑA, *de noche, con espada y broquel y* BARRETO *de la misma suerte.)*

BARRETO	Digo que es aventurarte
	mucho.
JUAN	Sí un mundo, Barreto,

BARRETO   Digo que es aventurarte
                 mucho.
JUAN   Sí un mundo, Barreto,
                 e me opusiese delante,
                 y muchos, fuera lo mesmo
                 en esta ocasión.
BARRETO   Pues dales,
                 que me has metido en el cuerpo
                 toda la mesa redonda
                 y estoy espuinando acero.
MÚSICOS *(Cantando.)* Lisarda hermosa, milagro
                 tirano, encanto del Tejo,
                 Si antes sirena de plata
                 del cristalino Mondejo.
JUAN   No canten más y despejen,
                 señores músicos, luego
                 la calle, si no procuran
                 ver volar los instrumentos
                 desde sus sienes al aire,
                 haciendo a los que son dueños
                 de la música lo mismo.
MÚSICOS   ¡Hombre notable y resuelto!
JUAN   Si prosiguen lo verán.
BARRETO   Y aunque no prosigan.
MÚSICO 2º   Bueno;
                 locos deben de venir.
BARRETO   Lo borracho nos han hecho
                 de merced.
JUAN   ¿Qué es lo que aguardan?
BARRETO   Deben de esperar el pliego
                 que baja de la consulta.
JUAN   Yo no podré, porque vengo
                 con menos flema.
MÚSICO 1.º   Hombre, sombra,
                 o demonio, que te has puesto

a intentar cosa tan grande,
mira que viene por dueño
desta música un hidalgo,
a quien le guardan respeto
en Portugal, y podrás
deste desalumbramiento
salir muy escarmentado.

JUAN
      A ninguno se lo debo
del Rey abajo, ocupando
contra mi gusto este puesto,
y vive Dios...

REY
                Ved, Prior,
qué hombre es ese desatento
que a los músicos estorba
que canten

PRIOR
              Ir pretendo
a despejarte.

VASCO
              Y si quiere
el Prior dejar de hacerlo
y quedarse con su alteza,
aún se me acuerdan en estos
lances los pasados bríos,
pues no me ha llevado el tiempo
todo el vigor de los brazos
ni todo el valor del pecho.

REY
      Sois siempre Almeida.

DON CLAUDIO
                El Maestre
de Avís, a todos recelo
que nos ganó por la mano.

MAESTRE
      Cantad, que este caballero
que estuvo desalumbrado,
habrá mudado de intento,
o rogaréselo yo
a cuchilladas.

JUAN
            Sospecho
que habláis porque vienen tantos
con vos, y en todos no tengo
para comenzar, que soy
muy hidalgo y tengo celos.

(Saca la espada y broquel, BARRETO lo mismo, y todos batallan menos el REY.)

BARRETO   Ea, que todos son pocos,
y no hay cosa contra el miedo
como estocada de puño.

REY   Afuera, apartad, que quiero
conocer quién ha tenido
tan nunca imitado esfuerzo,
aunque arriesgue que me vea
en esta ocasión...

VASCO   Teneos
al Rey.

JUAN   A ese nombre sólo
rendirse puede este acero.

BARRETO   Y el mío, que no lo hiciera
con César ni con Pompeyo.

REY   ¿Quién sois?

JUAN   Un hidalgo honrado
en Portugal.

REY   ¿Cómo es vuestro
nombre?

JUAN   Juan Lorenzo Vázquez
de Acuña, de cuyos hechos
en África me acreditan
tantos gloriosos trofeos,
tantos triunfos y victorias,
como vuestros dos consejos
de Estado y Guerra están bien
informados, y los reinos
de Portugal y el Algarbe.

REY   Ya os conozco, Juan Lorenzo;
pero ¿qué motivo ha sido
tan desatinado y ciego,
el que os ha obligado aquí
a tan locos desaciertos?

JUAN   Señor, es ésta mi casa,
y cuando a estas horas vengo
de hablar vuestros secretarios
que remisos y molestos

ni tratan de despacharme
ni de haceros un recuerdo
en mis servicios; y apenas
pisar mis umbrales puedo,
hallando ocupado el paso
y escandalizado el pueblo
con músicas a deshoras,
el terreno traduciendo
de palacio a mis balcones.
Y ya veis, como tan cuerdo,
en los que somos casados
el peligro que trae esto,
pues las apariencias suelen
despertar cada momento
al descrédito, a la infamia,
honras que estaban durmiendo.
Ésta ha sido la ocasión
de mi loco arrojamiento,
ignorando que podía
estar vuestra alteza haciendo
este escándalo en mi calle,
y agravio tan forastero
de quien es, a las paredes
esta casa, que, en efecto,
es la casa de un casado
tan honrado caballero.

REY   ¿Cómo casado y en esta
                 casa?

JUAN   Estoylo con su dueño,
                 doña Leonor de Meneses.

REY   ¡Qué es esto que escucho, cielos!

JUAN   Hija del gran Payo Alfonso
                 de Meneses, que sirviendo
                 a vuestra alteza murió,
                 habrá un año, en el Gobierno
                 de Ceuta.

REY *(Ap.)*   ¡Celos, qué escucho!
                 ¡Si no es sombra, si no es sueño,
                 cielos, perderé el sentido
                 a las manos de mis celos!

JUAN

Ha días que con las almas
los dos nos correspondemos,
y para unirlas en una
fue bisagra el casamiento.

REY

¿Cómo sin licencia mía,
siendo en Portugal precepto
tan inviolable en los nobles
pedirla a su Rey primero
para casarse, tuvistes
tan notable atrevimiento,
tan extraño desacato
que sin ella lo habéis hecho?

JUAN

Por yerro de amor podrá,
pues son dorados sus yerros,
vuestra alteza perdonarlo;
que este lance, este suceso,
a publicar que lo estaba
me obligó con tanto extremo
a vuestra alteza la culpa
licenciosa, no advirtiendo
de no habérosla pedido.

REY

Delitos, que en el respeto
tocan de la majestad
Real con tan grande exceso,
demostración igual piden
en el castigo: tres Pedros
hubo en Portugal, Castilla
y Aragón a un mismo tiempo,
todos tres primos hermanos,
y a todos tres nombres dieron
de Crueles; yo soy hijo
del de Portugal, y tengo
de mostrar que soy retrato
de original tan perfecto
en esta ocasión.

VASCO

          Señor,
merezcan algún descuento
en esta culpa los muchos
servicios de Juan Lorenzo;
vuestra alteza...

REY   No me habléis
más, Vasco de Almeida, en eso,
que es cansaros y cansarme.
MAESTRE   La piedad siempre en los pechos
Reales, como en Dios, luce
más que el rigor.
REY   Yo deseo,
Maestre, dar a entender
a mis vasallos, que heredo
de nuestro padre el valor
que en Portugal será eterno,
que soy su propio traslado,
que soy Fernando el primero,
que soy virey de Dios mismo,
que soy teniente del cielo.
(Ap. Que soy de Leonor amante
Y que de celos me muero;
¡posible es que (¡loco estoy!)
goza a Leonor Juan Lorenzo,
y un Rey de Portugal no!)
JUAN (Ap.)   Mas es este sentimiento
de amante, honor, que de Rey
nunca mienten los efectos;
y esta música le daba
el Rey a Leonor. ¡Ah cielos!
¡Y ay celos de mujer propia
y de un Rey! ¡Perderé el seso!.
VASCO (Ap.)   A Juan Lorenzo de Acuña
notable inclinación tengo,
y me pesa deste lance,
y si con Fernando puedo
he de hacer por él prodigios,
que la amistad sabe hacerlos.
REY   (Ap. ¡Ay Leonor! ¡Ay Leonor mía!
¡Ay tiranizado duelo!)
Vamos, Maestre y Prior,
vamos; sin alma en el pecho
voy y veneno espumando;
matarele, vive el cielo,
y aún no estaré con su muerte

	de mis celos satisfecho.
VASCO	Seguid, Juan Lorenzo, al Rey
	de rodillas por el suelo,
	que es deidad humana y quiere
	ser rogada.
JUAN	Ya lo intento:
	Señor, Señor, vuestra alteza...
REY	Quedaos, quedaos, Juan Lorenzo,
	que me habéis dado el pesar
	mayor, el susto más nuevo
	que vasallo a rey dar pudo.
JUAN *(Ap.)*	¿Qué más claro, qué más cierto
	puede estar, cielos, mi agravio?
REY	Los que son vasallos buenos
	han de ser, en casos tales,
	linces de los pensamientos
	de los reyes, y los que obran
	en todo el contrario de esto,
	son atrevidos, son falsos,
	son ingratos, son soberbios,
	son aleves, son tiranos,
	son traidores y groseros,
	y vos lo sois todo junto
	pues habéis sido uno de ellos.

(*Vase el* REY *y los suyos, y queda* JUAN LORENZO *y* BARRETO.)

BARRETO *(Ap.)*	Con duro espigón, adonde
	suelen decir los plebeyos,
	a Juan Lorenzo ha dejado
	el Rey, no puede ser menos,
	sino que haya aquí un gran paso
	de comedia de lo acedo,
	de lo apretado que llaman,
	de lo de echar el sombrero,
	de lo de arrojar la capa.
JUAN	¿Estoy soñando? ¿qué es esto?
BARRETO	Entre el amor y el honor
	bravo soliloquio espero.
JUAN	¿Qué esto que por mí pasa?

     ¿Para cuándo es mejor tiempo
     de morir un desdichado
     que cuando llega a saberlo?
BARRETO   Jamás fue bueno morir,
     porque no hay cosa en el suelo
     más infame que un difunto,
     mas desairada que un muerto;
     lo que deja hacer de sí,
     lo que sufre, lo que siendo
     antes treinta papagayos,
     se acredita de secreto.
     Luego le echan de su casa
     huyendo de su aposento
     donde ha estado; todos tienen
     de sólo nombrarle miedo,
     que me espanto, vive Dios,
     como en el libro del duelo,
     entre las cinco palabras
     por la mayor no la han puesto,
     que para cargar a un hombre
     que hubiera muerto a mi abuelo,
     mientes como difuntillo
     fuera el oprobio postrero.
JUAN   Ni lo que dices escucho,
     ni estoy conmigo, ni entiendo
     adónde pongo las plantas,
     ni sé si vivo o si muero.
BARRETO   El zaguán hemos pasado
     de casa, y sale recelo
     a recibirte Guiomar
     con una luz.
JUAN   Otra veo
     en los abismos que surco,

(Sale GUIOMAR *con una luz, y detrás de ella* DOÑA LEONOR DE
MENESES, *y pone* GUIOMAR *la vela sobre un bufete.)*

     que más me alumbra, Barreto;
     pluguiera a Dios que el engaño
     entre los oscuros velos

de sus aparentes sombras
mi honor hubiera encubierto.

BARRETO   ¿Mi señora?
JUAN   ¿Leonor?
BARRETO   Sí,
de su amor haciendo alarde.

DOÑA LEONOR.   Pues, señor mío, tan tarde...
JUAN   Bien temprano es para mí.
DOÑA LEONOR   ¿Cómo temprano?
JUAN   No soy
quien habla en mí, lo que digo.
DOÑA LEONOR   Pues ¿cómo estando conmigo?
JUAN   Como conmigo no estoy.
DONA LEONOR   ¿Con vos no estáis?
JUAN   Claro está,
si estoy en vos, Leonor mía.
DOÑA LEONOR   Siempre mi amor desconfía.
JUAN   ¿Y el mío, Leonor, qué hará?
DOÑA LEONOR   Fiar inmortalidades
del mío, que ha de vencer
al tiempo, y siempre ha de ser
alma de estas dos mitades,
una sola que es la vida
inmóvil; un corazón
que amor vinculó esta unión
desde el venturoso día
que os di el alma, dueño mío,
y el corazón con la mano,
despojo que intenta en vano
todo el humano albedrío,
todo el imperio, el poder
de la tierra, contrastar
esta roca opuesta al mar
que se ha mentido mujer.
Este monte, coronado
de robles, que toca al cielo,
que algún tirano desvelo
humano le ha imaginado,
nada mi pecho importuna;
que tan heroica mujer

	no tiene un mundo poder,
	el tiempo ni la fortuna;
	que soy, venciendo intereses
	de reinos, con valor godo,
	roca, monte, y sobre todo
	doña Leonor de Meneses.
JUAN	Guárdete el cielo, Leonor,
	los siglos de mi deseo,
	que de tan dichoso empleo
	puede estar vano mi amor.
	Yo satisfacción ninguna
	del tuyo no he menester,
	que sé que eres mi mujer,
	y en Portugal otra alguna
	no te puede aventajar
	en sangre ni obligaciones;
	mas tráenme mis pretensiones
	tan cansado de cansar
	ministros y consejeros,
	que no sé cómo venía
	cuando llegué, Leonor mía,
	a adorar tus dos luceros;
	y como fuera de mí
	no supe (perdone amor)
	como me hablaste, Leonor,
	ni como te respondí;
	que de tu amor verdadero
	seguro está mi cuidado:
	quien ama, es desconfiado,
	quien es dichoso, es grosero.
	Dame tus manos, pondré
	en sus cristales la boca,
	monte de mi honor y roca
	de mi amor y de mi fe.
BARRETO *(Ap.)*	Gracias a Dios que parece
	que se ha satisfecho ya.
GUIOMAR *(Ap.)*	En obstinado el Rey da,
	pero Leonor le aborrece.
BARRETO	Hasta ahora no sabía
	que estaba con él casada,

	y hubo una brava ensalada

GUIOMAR e hubo una brava ensalada

recordai mi ñalma,
naom durmais meu beim.

JUAN *(Ap.)* El Rey ha vuelto a la calle;
¡Ah sospechas! ¡Bien teméis
su temeridad tirana
en el dominio del Rey!
Esto es tomar la paciencia
de un vasallo de mi fe,
con sangre y honor de Acuña
y celos de portugués.

MÚSICOS *(Cantan.)* Vida de mi ñalma,
naom vos posse ver,
esta naom he vida
para se sufrer.

JUAN Ni esto se puede tampoco
sufrir; estoy por hacer,
por intentar, aunque arriesgue
mil vidas, y el interés
de tanto blasón, ganado
a costa de tanta fe,
sangre noble, un desatino
que fama inmortal me dé.
Castigarme en el honor
una omisión, por no haber
pedido licencia para
mi casamiento, es cruel
recompensa, es tiranía,
es bárbaro proceder,
que el Rey es rey de las vidas,
y no puede ser juez
de las almas, pues allí
es solar el interés;
aquí del Rey contra él mismo,
o aquí de Dios contra el Rey.

DOÑA LEONOR Gran Juan Lorenzo de Acuna,
Señor, esposo, mi bien
adorado dueño mío,
reportaos, no os destempléis
de suerte en esta ocasión
y aunque mayor os la den,

que ofendáis la confianza
que de mí debéis tener,
que mi valor es diamante
de tan generosa ley,
que está con el sol al tope,
y el dorado rosicler
compitiéndole en el fondo
corre parejas con él,
que estos desaciertos son
escándalos del poder,
no riesgos de vuestro honor
ni asaltos de mi desdén;
que, vive Dios, que a pensar
que os pudieran ofender
a mí ni a vos en las sombras,
que hay sangre en mi que heredé
de los Tellos de Meneses,
y en ella valor también;
sin aventuraros vos
para intentar, por mujer
vuestra en primero lugar,
y por quien yo soy después,
la satisfacción bastante
a la opinión, con los pies
con las manos, con los dientes,
con los ojos, que beber
sabrán, hechos basiliscos
llenos de hidrópica sed,
sangre, y venenoso aliento
a los áspides por él;
que para mujer tan grande
como con vos llego a ser,
es mucho mundo su honor
y flaco enemigo un Rey.
Esto me lo debo a mí,
y por vos lo debo hacer
cuando por mí no lo hiciera
y, vive Dios, otra vez,
si en este particular
llego de vos a entender

el escrúpulo menor
en ofensa de la fe
de mi amor y vuestra sangre
que me mate, que me dé
ponzoña, que del acero
invencible que traéis
me pase de arte a parte
el pecho, donde se ve
vuestro retrato por alma
y toda mi vida en él,
habiendo hecho primero
en la vuestra, que adoré
el mismo mortal estrago,
resuelta, honrada y cruel
esto lo tened por dicho
y por hecho lo tened,
cuando otra vez el recelo
sea con vos descortés.
Canten en la calle o lloren,
pongan sitios a mi fe
y asaltos al imposible
alcázar de mi amor den,
porque vos sois Juan Lorenzo
de Acuña, y soy y he de ser
yo siempre doña Leonor
Téllez de Meneses, prez
de Castilia y Portugal,
que, antes que sus reyes, fue
mi apellido generoso
timbre del blasón leonés.
Ésta soy yo y vos sois éste,
a la memoria os traed
quien sois vos, y quien soy yo,
y no tendréis qué temer,
si estáis con vos y conmigo,
ningún siniestro vaivén
de la fortuna, rigores,
fuerzas, tirano poder,
amenazas, Reyes, rayos
mundos y esferas, porque

JUAN   vos sois el muro, y yo soy
                        hiedra de vuestra pared.
                        Mienten con vos, Leonor, cuantas
                        celebra el tiempo, después
                        que hubo griegos y romanos;
                        dame los brazos.
BARRETO   El Rey.
JUAN   ¿Cómo el Rey?
BARRETO   De Portugal.

(*Sale* EL REY, EL MAESTRE, VASCO *y* EL PRIOR.)

REY   No todo os lo habéis de haber,
                        Señora doña Leonor,
                        con vuestro esposo.
DOÑA LEONOR   No sé
                        a qué efecto vuestra alteza
                        nos hace tanta merced.
REY   Vengo, como tan parienta,
                        a daros el parabién
                        de vuestra boda, que soy,
                        como suele acontecer,
                        el primero que lo siente
                        y el postrero que lo sé;
                        que me tocaba ser vuestro
                        padrino por justa ley
                        del deudo que en Portugal
                        los dos conmigo tenéis.
JUAN   Guarde Dios a vuestra alteza
                        los años que ha menester
                        el reino, por las mercedes
                        y por las honras también
                        que nos hace.
REY   Levantad,
                        que muchas os pienso hacer,
                        Juan Lorenzo, que he mudado
                        el primero parecer,
                        porque a los servicios vuestros
                        lo mucho que debo sé;
                        Vasco de Almeida ha mostrado

que es muy vuestro amigo, a quien
como el Maestre, mi hermano,
muchas finezas debéis,
y no menos al Prior
de Ocrato, que os quiere bien.

JUAN   Esclavo de todos soy.
REY *(Ap.)*   ¡Cielos, que he venido a ver
con otro dueño a Leonor!
Los sentidos perderé,
si ya no vengo sin alma.

DOÑA LEONOR   Aquí no tengo qué hacer;
vuestra alteza me perdone,
y me dé licencia que
a mi cuarto me retire.

REY   (*Ap.* ¡Qué despego, qué desden!)
Guardeos Dios.

DOÑA LEONOR   El cielo os guarde.   *(Vase.)*
REY   (*Ap.* Del imperio del Argel,
del encanto de esos ojos
que estrellas desprecian ser,
muero de celos y amor.)
Tarde es, y querrá también
Juan Lorenzo recogerse.

JUAN   Acompañando os iré,
como tengo obligación,
primero.

REY   No hay para qué
ahora, vedme mañana
en Palacio.

JUAN   Iré a poner
mi cabeza en vuestras manos,
y mi vida a vuestros pies.

BARRETO   A Madrid, corte en Castilla,
se quiere el Rey parecer,
que dicen que a un mismo tiempo
llueve y hace sol también;
quien le vio contra mi amo
no ha una hora chuzos llover
de amenazas y rigores,
no le creerá, si le ve

ahora sin una nube
dispensar rayos, y ser
lisonja de la cabaña
al dorado chapitel.
¡Qué presto que se mudó
del rigor a la merced,
de la amenaza al favor!
¡Oh rey Madrid! ¡oh rey mes
de Febrero, oh rey movible,
no del calendario rey!
Quien no te entiende te compre.

VASCO   Su alteza ha de conocer
vuestro valor, Juan Lorenzo
de Acuña, o yo no seré
Vasco de Almeida, de vuestro
padre amigo tan fiel.

JUAN   Merezco a vueseñoría
ese favor.

MAESTRE   Yo, después
de Vasco de Almeida, Acuña,
soy vuestro amigo también.

JUAN   Vuestra alteza llegue a verse
rey del mundo.

PRIOR   Yo sabré
también serviros, señor
Juan Lorenzo, porque sé
que sois tan gran caballero.

JUAN   Siempre hará como quien es
vuecelencia.

VASCO   El Rey se va.

REY   (*Ap.* Paredes, que de mi bien
sois dichoso albergue, adiós,
y él quiera que os vuelva a ver
sin celos y con más dicha.)
Quedaos, Juan Lorenzo, y ved
que es bueno un rey para amigo,
y que vuestro lo he de ser.

JUAN   Levantará vuestra alteza
mi humildad.

REY (*Ap.*)   Poco podré,

JUAN

o Leonor ha de ser mía,
triunfando de su altivez.   (*Vase.*)
Recelos, sed confiados,
que tengo heroica mujer.

BARRETO

Noche toledana ha sido,
yo me voy a recoger
con mucho sueño y sin cena,
mirad con quién y sin quién.

(*Sale* UN PINTOR *con un retrato de* DOÑA LEONOR, *de medio cuerpo
arriba, cubierto con un tafetán.*)

PINTOR

El Rey está enamorado
y será mucho que duerma,
porque quien de amor enferma,
le despierta su cuidado;
y así a Palacio he venido
tan de mañana con esta
pintura, que no me cuesta
del pincel y del sentido
haberla acabado poco
trabajo, por el sujeto;
mas venció el arte, en efeto,
cuando pensé quedar loco
y hoy el plazo se ha cumplido
de la apuesta que hemos hecho,
y he de quedar satisfecho
de lo que me ha prometido,
y libre de la cruel
pena que me impuso; aquí
un hombre sale.

(*Sale* BARRETO.)

BARRETO

                       Sin mí
ando de puerta en cancel
en este del Rey retrete
que llaman, para saber
si se levanta, y volver
a casa como un cohete
a dar aviso a mi amo

que a Palacio ha devenir,
y me lo podrá decir
este hidalgo, que le llamo
así ahora, y puede ser
que después no se contente
con vizconde solamente,
que aquí suele anochecer
uno cerezo, y salir
San Roque por la mañana,
porque es mano soberana
la de un rey para esculpir,
como Dios, hombres de nada;
pero este tiene sin duda
cara de olicial o ayuda;
llamarele camarada,
pues en la cámara está
por no errar la ocupación;
mejor será camarón,
pescado que este mar da.

PINTOR	Hidalgo, ¿es del Rey criado?
BARRETO	Caballero, no, que soy
	criado de Dios, y estoy
	a su imagen fabricado.

PINTOR	Parece hombre de placer.
BARRETO	¿Porqué, señor don Diablo?
PINTOR	Porque juega del vocablo,
	y esta casa suele ser
	destas sabandijas jaula.

BARRETO	Buenas señas, sin lisonja.
	¿No puedo haber sido monja,
	y don Amadis de Gaula,
	que son los que más han sido
	de este lenguaje fulleros?
	¡Oh qué grandes majaderos
	siempre a Palacio han venido!
	Ya sé que no es el menor
	el señor cabo de escuadra:
	notablemente le cuadra
	un cuento, oiga por mi amor;
	mas el Rey sale imagino;

haga cuenta que es Inés;
yo se lo diré después.

PINTOR   ¡Hombre extraño y peregrino!

(*Sale* EL REY, *leyendo una carta,* EL MAESTRE *y* EL PRIOR.)

REY   Escríbeme el de Aragón
en razón del casamiento
con notable sentimiento.

MAESTRE   Y tiene mucha razón;
perdóneme vuestra alteza
si ésta parece osadía,
ya que Portugal porfía
que se case, y la grandeza
de un rey de Aragón no es justo
ofender con omisiones,
pues las capitulaciones
se han hecho; bien sé que al gusto
no os hablo en esta ocasión,
pero sé que a la verdad
sí, que a vuestra autoridad
toca y a mi obligación
hablaros desta manera;
lo demás será, Señor,
ser lisonjero y traidor,
no sangre tan verdadera
vuestra y tan cercana.

REY   Hermano,
vuestros consejos estimo
y al rey don Jaime, mi primo,
a satisfacer me allano
en las quejas de no hacer
el tratado casamiento,
cuyo justo pensamiento
por obra habéis de poner,
yendo a Aragón por su Infanta,
que ya al mismo sol igual
vendrá a ser de Portugal
Reina con grandeza tanta;
siga a un desdén un despecho,

venza a un desdén otro amor,
y saque aquella Leonor
estotra Leonor del pecho;
hoy por la posta a Aragón,
porque más mi fe se muestre,
habéis de partir, Maestre.

(*Llega a hablar el* PINTOR *con el* PRIOR DE OCRATO.)

PINTOR   Yo vengo a buena ocasión.
PRIOR   A buena ocasión venís,
no desconfiéis.
PINTOR   Señor,
no haré con vuestro favor.
REY   Basta un Maestre de Avís
para honrar en ocasiones
de casamientos iguales,
no sólo mil Portugales,
sino un mundo de Aragones.
MAESTRE   Vuestra alteza favorece,
como siempre, mi persona
por rayo de su corona.
REY   Vuestro valor lo merece,
y aun hay, por la astrología,
quien diga que habéis de ser
Rey de Portugal, y hacer
dilatar su monarquía,
y que el Príncipe Perfecto
España os ha de llamar,
que os ha de inmortalizar
por valeroso y discreto.
MAESTRE   La edad pase, soberano
Fernando, al sol vuestra alteza,
que no quiero más grandeza
que llamarme vuestro hermano,
y verán como lo muestro
en la ocasión de Aragón.
REY   No ha menester ocasión
de lucir el valor vuestro;
hoy la partida ha de ser

	no la habéis de diferir.
MAESTRE	Yo me voy a prevenir,
	y empezar a obedecer.
PRIOR	Colgadlo, para que pueda
	verlo aquí mejor el Rey.
PINTOR	Sabéis del arte la ley;
	ya como mandáis lo queda.

(Cuélgalo en la pared.)

REY	¿Qué es eso, Prior?
PRIOR	Señor,
	como el plazo se ha cumplido
	de aquella apuesta, ha venido
	con el retrato el Pintor;
	y aunque trata vuestra alteza
	de casarse, y que el Maestre
	de Avís en Aragón muestre
	de Portugal la grandeza,
	y con tanta brevedad
	de parecer ha mudado,
	a pagar está obligado
	al Pintor la cantidad
	que prometió en el contrato,
	que la palabra de un rey
	es inexcusable ley.
REY	¿Cómo fue, Prior de Ocrato?
PRIOR	Que si dentro de dos meses
	que desde entonces contaba,
	un retrato no le daba
	de la Téllez de Meneses,
	porque con dificultad
	del sol se dejaba ver
	y era intentarlo emprender
	la mayor temeridad,
	ahorcarlo mandaría
	de la almena más civil;
	y si no, darle dos mil
	cruzados el mismo día
	que el retrato le entregase

dentro del plazo.
REY   Es así.
PRIOR   Ya él está con él aquí
                        antes que el término pase;
                        cumpla corno él ha cumplido
                        vuestra alteza su concierto,
                        y haga luego del retrato
                        lo que más fuere servido.
REY   Mando al contador mayor
                        que otros dos mil le acreciente,
                        y llévese juntamente
                        el retrato de Leonor;
                        basta el estrago que ha hecho
                        el original en mí;
                        váyase el retrato, así
                        pudiera echarlo del pecho.
PRIOR   Pues el desdén lo merece
                        de Leonor, eso así sea
                        pero vuestra alteza vea
                        primero si le parece;
                        mire si a la semejanza
                        con vida el pincel le anima,
                        que el grande artífice estima
                        más que el oro la alabanza.
REY   Decís bien, Prior, veamos
                        retratado este prodigio,
                        este monstruo al breve espacio
                        deste lienzo reducido.

(Quita el PINTOR *el tafetán.)*

PINTOR   Éste es.
REY   Parece que está
                        con alma, si no es el mismo
                        original el que veo;
                        él es, o estoy sin sentido;
                        la imaginación ha hecho
                        caso hoy tan raro, que mirodelante de mí la
causa

                        de mi enamorado hechizo;

desenojo es de mis celos,
de mi amo milagro ha sido;
Leonor, señora, mi bien,
hermoso dueño, ángel mío,
un rey tenéis por esclavo
a vuestras plantas rendido,
sin alas un corazón
y un alma sin albedrío.
¿Por que encanto de mis ansias,
por qué, dichoso peligro,
conmigo tan desdeñosa?
¿Por que tan cruel conmigo?
Aguardad, pero ¿qué es esto?
Loco estoy, pues imagino
ilusiones, sueño engaños,
o por lo menos, dormido,
hasta los desdenes son
sueños en mí y parasismos,
y en mí son, como los bienes,
hasta los males fingidos.

PRIOR Fuerza ha sido del pincel,
y de su amor excesivo,
suspenderse con el cuadro.

PINTOR Que al Rey satisfaga estimo
tanto, como las mercedes
que de su mano recibo.

PRIOR Venid, os despachará,
que por las muestras he visto
que quiere con él quedarse,
por raro, por peregrino,
que Amor, como es niño, siempre
anda mudando designios.

(*Vanse el* PRIOR *y el* PINTOR.)

REY En fin, a despecho vuestro
os tengo, Leonor, conmigo,
que incurable a los remedios,
sólo con engaños vivo;
todos buscan en pinturas,

engañando a los sentidos,
lejos para la esperanza,
sombras para los alivios.

(*Sale* VASCO DE ALMEIDA.)

    ¿Qué hay, Vasco de Almeida?
VASCO   Darle
a vuestra alteza infinitos
parabienes de la nueva
resolución, que me ha dicho
el Maestre que ha tomado,
desenojando a su primo
el rey de Aragón, y haciendo
lo que tiene tan debido
y todos tan deseado,
como es casarse.
REY   Ayo mío,
de vuestros consejos son
efectos, que los admito,
como de mi padre propio.
VASCO Guardeos el cielo los siglos
que vuestros reinos desean;
Juan Lorenzo...
REY   ¿Es vuestro amigo?
VASCO Fuilo mucho de su padre.
REY Pues ¿qué decís?
VASCO   Ha venido,
como anoche le mandó
vuestra alteza.
REY   Sus servicios
merecen que dél me acuerde,
poniendo el yerro en olvido
de no pedirme licencia
para casarse.
VASCO   Delitos
que se han perdonado, son
como si no hubieran sido.
REY En mis celos no, que siempre
son eternos, por ser míos,

	decidle que entre.

VASCO   Ya voy,
que hoy soy con vos su Padrino.

REY   Eligió el mejor, Almeida.
(*Ap.* Así le hubiera elegido
yo con Leonor, que nació
de las entrañas de un risco.)

VASCO   Entrad, señor Juan Lorenzo
de Acuña.

(*Sale* JUAN LORENZO.)

JUAN   Al blasón altivo
deberán de los Almeidas
los Acuñas.

VASCO   Este oficio
de nuestra amistad es deuda,
y en mí, Acuña, muy antiguo;
llegad, que os aguarda el Rey.

JUAN   A vuestra alteza suplico
me dé su mano.

REY   Seáis,
Juan Lorenzo, bien venido.
(*Ap.* ¡Con qué rabia, con qué envidia
y con qué celos le miro!)
Levantaos; ¿cómo estáis?

JUAN   Siempre
deseando en qué serviros,
porque nunca he estado ocioso,
Señor, en vuestro servicio.

REY   ¿Cómo está doña Leonor?

JUAN   Como vuestra... ¿cómo digo?
Como vuestra esclava. (*Ap.* Cielos,
¿Qué es lo que a los ojos míos
se ha puesto delante? ¿No es
(¡estoy perdiendo el sentido!
De Leonor este retrato?
¿Este nuevo basilisco?
¡Cielos, Leonor retratada,
y en el aposento mismo

del Rey y de amante suyo,
con tan notables indicios!
¡Perderé el seso mil veces,
y no sé como estoy vivo!
¡Oh mal haya la hermosura
que da el cuidado al marido,
y el primero que el honor
puso en tan grande enemigo!
¡Mal haya quien...)

REY   Juan Lorenzo,
¿Qué es lo que os ha suspendido?

JUAN   Una rara novedad
extranjera de mi honor,
pues es contra mí traidor
con quien he hecho amistad;
una fingida verdad
que de agravios se sustenta,
una calma con tormenta
y una espía, al fin perdida,
que corre contra mi vida
la campaña de mi afrenta;
un empañado cristal,
donde el que a verse llegó,
de la muerte el rostro vio
por prodigiosa señal;
una atalaya inmortal
que a todos mi ofensa avisa,
un ladrón que el monte pisa,
que robando al alma, ingrato,
dejó sin vida al recato
y a la vergüenza en camisa;
un reloj de horas menguadas
en mi fortuna siniestra,
que con ser sólo de muestra,
da mayores campanadas;
un huésped que en las posadas
ajenas se anda a poner
mi honor al riesgo, al poder,
y un vidro de agua en que yo
vi el perro que me mordió,

que rabiando he de beber,
esto en tan dura ocasión,
es lo que me ha suspendido,
que parece que he venido
para esta demostración.
¿Estos los favores son
que de vuestra alteza espero?
¡Mal haya el tirano fuero
que ató en sucesos iguales
las manos de los leales,
el corazón y el acero!
Porque sino en el estado
que miro mi deshonor,
hoy se vendiera el valor
de lo vivo a lo pintado;
mas vuestra alteza, fiado
en la dignidad suprema
de Rey, por amor o tema,
tanto infama mi opinión,
que es auto de inquisición
que en estatua me la quema.

REY   Yo quise a Leonor primero
y vos con ella os casasteis,
yo la perdí y vos la hallasteis
más dichoso y más grosero;
yo de celos desespero
y vos os gozáis el bien;
yo muero de su desdén;
paso entre mi amor hagamos
y vuestro honor, y partamos
los sentimientos también.

JUAN   Pues sin morir he escuchado
hablar a un rey desta suerte,
poco le debe a la muerte
la vida de un desdichado.

REY   Juan Lorenzo, estáis casado
con invencible mujer;
nada tenéis que temer,
aunque en trance tan terrible
mi amor es más invencible,

pues no le puedo vencer;
esta locura, que amor
ya no se puede llamar,
dicen que se ha de curar
también con otra Leonor;
y acreditando el valor
de tan grande caballero,
honrando al Maestre, quiero
que vais a Aragón, pariente,
porque con él juntamente
seáis mi casamentero;
y este retrato que os dio,
Conde, en mi cámara enojo,
le llevaréis por despojo
que vuestro valor venció;
bandera es que os intimó
guerra al honor arrogante,
vaya arrastrando delante
y del fuego triunfo sea,
porque la beldad no vea
otra a Leonor semejante;
decidle que queda aquí
en ausencia vuestra un rey
que cumplirá con la ley
del que soy, no del que fui,
por vos, por ella y por mí;
y decidle, finalmente,
que vais, si veis que lo siente,
de mi amor por un olvido,
porque con este partido
llevará el veros ausente.
Y con esto a Dios que os dé
buen viaje, y de Aragón
os vuelva a la dulce unión
de tan invencible fe.

JUAN   Ni al Rey entiendo, ni sé
qué intenta, ni dónde voy.

(Mirando el REY *el retrato.)*

REY   Leonor, de otra Leonor soy,
                       rindiose mi sufrimiento.

(Mirando JUAN LORENZO DE ACUÑA *el retrato.)*

JUAN   Leonor, pues de vos me ausento,
                       y sois mujer... ¡Loco estoy!

JORNADA SEGUNDA

(De don Antonio Coello.)

Aparece EL REY, *sentado en un trono, y a un lado* EL PRIOR, *y sale*
DON CLAUDIO.

REY

Cuando he mandado, Prior,
que se junte todo el reino,
cuando convoco este día
hidalgos y caballeros,
cuando a Cortes hoy los llamo
para proponer, resuelto,
la más atrevida hazaña
que intentó en humano pecho
el amor; y en fin, don Claudio,
cuando en el real asiento,
con majestad y decoro
y asentado los espero,
ningún vasallo ha llegado,
a ningún hidalgo veo,
ningún portugués me asiste:
¿Qué estilo es este tan nuevo?
¿Cómo tardan todos? ¿cuándo
mis portugueses tuvieron
perezosa la obediencia?

PRIOR

Extrañeza es en los pechos
de portugueses hidalgos
tardar del Rey al precepto;
mas, Señor, como tu amor
está nivelando el tiempo
con impaciencia amorosa,
de cada instante habrá hecho
una eternidad prolija
la cólera del deseo;
no es mucho, pues, gran Fernando,
que tarden, si estás midiendo
con los siglos de tu amor

de su omisión los momentos;
y así, Señor, no les culpes,
pues su tardanza es efecto
más de la impaciencia en ti,
que de la pereza en ellos.

REY   No los disculpéis, Prior,
que aunque amor dilata el tiempo,
siempre en los nobles vasallos,
por ley y justicia es bueno
que la obediencia madrugue
aún mucho más que el precepto;
ya, Leonor, ya dueño mío,
divino error que apetezco,
primero viviente hechizo,
segundo animado cielo,
que está más vecina al humo
que en el altar de mi pecho,
víctima invisible el alma
brota en callados incendios,
ya aquestas idolatrías
de mi amor tienen por premio
interesado su vista;
hoy pondré quietud al miedo,
hoy daré el postrer indicio,
hoy haré el último extremo
de mi amor: hoy será mía
Leonor, sirena del Tejo.
¿Pues cómo en festivas voces,
profetas de mi contento,
no celebra el reino todo
esta dicha? ¿cómo el viento
no suena en ruidoso aplauso,
y con festivos estruendos
por las calles de Lisboa

(Tocan atabales roncos y sordinas.)

inundados... ¡Mas qué es esto!
¿Qué triste clarín, don Claudio,
es éste, que con los ecos

39/89

PRIOR   del parche se mezcla ronco
en destemplados acentos?
La causa ignoro, y admiro
la novedad; mas ya veo
el origen deste enigma,
aunque la ocasión no entiendo,
que al son de los ecos roncos,
con los semblantes severos,
todo tristezas el traje,
vienen los nobles del reino
entrando por el Palacio,
y detrás de todos ellos
Vasco de Almeida, tu ayo.

REY   ¿Pues qué proporción tuvieron
esos tristes aparatos
con mis dichosos intentos,
cuando yo a Cortes los llamo
para el más alegre empeño?
¿Cómo en día de tal dicha
viven en tristeza envueltos?

PRIOR   Algún motivo ocasiona
tal demostración; mas ellos
llegan ya, y podrán sacarte
de aquesta duda bien presto.

UNO *(Dentro.)* Ninguno pase adelante.
OTRO *(Dentro.)* Sólo ha de entrar allá dentro
Vasco de Almeida.

TODOS *(Dentro.)*   Hable al Rey
Vasco de Almeida.

REY   ¿Qué es esto?
PRIOR   Que hable a vuestra majestad
Vasco de Almeida primero,
pide el reino, antes de entrar
en las Cortes.

REY   Entre luego;
dadle licencia, Prior;
alguna inquietud recelo.
¿Mas qué importa, si me hallo
para cualquiera suceso
como Rey con bizarrías,

como portugués sin miedo?

(*Sale* VASCO DE ALMEIDA.)

VASCO   Fernando, de nuestros reyes
el Noveno, que dilates
al Oriente los confines
de Portugal y el Algarbe;
si el Rey tiene dos oídos
equivocamente iguales
para escuchar los servicios
que al premio le persuaden,
y para atender las quejas
que por la justicia clamen,
dame el uno de ellos, Rey,
permíteme que te hable,
y porque no se equivoquen
tu atención y mis verdades,
disponte para la queja,
porque acaso no te halle
premiador, cuando te busco
justiciero, que es desaire
hasta el dar, si son los reyes
ciegamente liberales;
justicia vengo a pedirte.

REY   Esperad; antes de hablarme,
sabed que estas dos virtudes
en el hombre, aunque le hacen
liberal o justiciero,
como él medirse no sabe
en el medio hacia el extremo,
suelen siempre destemplarse;
mas como son atributos
en el rey, como es imagen
de Dios, no tienen peligro
las virtudes de estragarse;
y así no temáis que trueque
el uso de ellas, habladme,
que aunque en los otros afectos
pueda como hombre olvidarme,

en lo que con Dios convengo
no es posible que se halle
que liberal me destemple
ni justiciero me estrague.

VASCO   Pues con esa confianza,
justicia os pido.

REY   ¿De quién?

VASCO   Del Rey.

REY   ¿Del Rey?

VASCO   Perdonadme.

REY   ¿De mí?

VASCO   De vos no, del Rey.

REY   ¿Pues qué diferencia hallasteis
entre mí y el Rey?

VASCO   Señor,
como vos en este lance
sois el juez a quien me quejo
y de quien vengo a quejarme,
aunque sois uno de industria,
no quiero dello acordarme;
porque en mí, al pedir castigo,
las quejas no se acobarden,
ni en vos, al hacer justicia,
la pasión propia os ablande,
para que con este olvido
con mayor despecho os hablen
mis razones de vos mismo,
pensando que no lo saben;
y vos con más entereza,
hagáis justicia tan grave,
que parezca que sois otro,
o que entonces lo pensasteis.

REY   Pues decid; pero primero
mirad muy bien, escuchadme,
que justifiquéis las quejas,
que los cargos sean verdades,
que los delitos sean ciertos,
no sea que el juez se canse,
y amparando la inocencia
del que acusaron en balde,

los hilos de la justicia
se vuelvan hacia otra parte.

VASCO   Pluguiera a Dios que las quejas,
que a ti del Rey quiero darte,
fueran escrúpulos sólo;
mas quiere el Rey que se pasen
a públicas evidencias,
en quien es menor ultraje,
ofender como delitos
que animar como ejemplares;
vuestra majestad, Señor,
por consejos de su padre,
por aciertos de su gusto,
por igualdad de su sangre,
por conveniencias del reino,
determinó de casarse
con la infanta de Aragón,
doña Leonor, que Dios guarde;
divirtiose deste afecto
con algunas mocedades,
que yo le culpaba viejo
y no extrañaba galante;
hasta que más corregidos
aquellos ciegos desmanes,
(Si no es que hipócrita el Etna
nieve ostente y fuego guarde)
determinó, que el efecto
tan pretendido llegase
destas bodas, que, remisas,
daban sospecha a don Jaime.
Para este fin a Aragón
fue por la Reina el Infante,
y Juan Lorenzo de Acuña,
porque el paso asegurase,
de Castilla con sus gentes
tendió las quinas al aire;
y entre tanto vos, Señor,
en vez de esperar constante
vuestra esposa, en vez de dar
premio a servicios tan grandes

a doña Leonor su esposa
públicamente robasteis
de su casa, y la tenéis,
a pesar de su linaje,
en vuestro mismo Palacio,
siendo escollo que se sale
con ser burla de las ondas
y padrastro de los aires.
Nueve reyes ha tenido
Portugal, y todos tales,
que con lo amado regían,
sin llegar a aprovecharse
de lo temido y el yugo
de su imperio, por suave,
les costó a los portugueses
poco trabajo el llevarle.
¡Oh dichoso rey mil veces,
que gobierna con tal arte,
que no les cuesta a los suyos
diligencia el ser leales!
No deis ocasión, Señor,
de que vuestro imperio extrañe
los vasallos, y pues sois
más que los otros en partes,
sed como los otros reyes
vuestros ascendientes grandes
en la templanza y justicia;
y mirad que hay ejemplares,
porque a don Sancho Capella
que amante, remiso y fácil
con doña Mencía de Haro
se casó contra el dictamen
de su reino, éste supo
por conveniencia quitarle
a su mujer con ser propia
y no su dama ni amante.
Vuestra majestad se sirva
de medirse, de templarse
o de enmendarse: bien digo.
Ayo vuestro soy, tomarme

esta licencia he podido;
mirad que afrentáis un noble,
y en nombre suyo, el ultraje
sentimos todos los nobles
de una sinrazón tan grande.
Todo el reino está quejoso,
y en demostraciones graves
los nobles de aquesta injuria
dan indicio hasta en los trajes:
los hidalgos lo murmuran,
los extranjeros lo saben,
los plebeyos lo repiten;
y en fin, no hay lugar, no hay parte,
que un escándalo no sea,
una fábula, un desaire
de vuestro crédito aquesta
sinrazón. Pues, Señor, dadle
menos rienda a ese deseo
porque acaso no os arrastre;
dejad aquesa mujer,
o si no, si no bastaren...

REY   ¿Qué si no?
VASCO   Señor...
REY   Decidlo.
VASCO   Que si aquesto no es bastante,
me mandó el reino que os diga...
REY   Decidlo.
VASCO   Que os acordase,
que aún está reciente ahora
el ejemplo miserable
que dio doña Inés de Castro,
por quitar a vuestro padre...
REY   Por eso lo está también
la venganza, que a su sangre
dio mi padre, y sabré yo,
aunque a mí cruel me llamen,
como en el amor le imito,
en la venganza imitarle:
y estoy por hacer...
VASCO   Señor...

REY   Resuelta en ciegos volcanes
                           segunda Troya a Lisboa;
                           pero yo quiero templarme,
                           no parezca que no tiene,
                           en los cargos que me hacen,
                           disculpas que responder
                           quien responde con crueldades.
                           Yo admito el celo del reino,
                           y a vos, mi segundo padre,
                           el consejo os agradezco,
                           no el modo de aconsejarme;
                           que aunque obligados estén
                           a hablar verdad los leales
                           a su rey, tal vez el modo
                           echa a perder las verdades.
                           Pero por satisfacer
                           al reino y a vos, que hablasteis
                           con lealtad de ayo mío,
                           en el cargo que me hacen
                           de amar a quien es mi esposa,
                           digo que de aquí adelante
                           sólo he de amar a mi esposa,
                           sólo adoraré a su imagen,
                           sólo seguiré su nombre,
                           sólo estimaré sus partes.
                           Yo estoy casado, vasallos,
                           y aunque a este intento el Infante
                           trae a la Infanta de Aragón,
                           ya la Infanta llega tarde:
                           para daros cuenta desto
                           llamé a Cortes a mis grandes.
                           Hoy me casé en el efecto
                           y en la atención mucho antes,
                           por haceros este gusto
                           sólo estimaré constante
                           a mi esposa; y pues debéis
                           por derechos naturales
                           dar la obediencia a quien fuere
                           mi esposa en unión suave,
                           entrad a verla, vasallos,

porque en debido homenaje
beséis la mano a la Reina
de Portugal y el Algarbe.
TODOS *(Dentro.)*   ¡Viva el rey Fernando, viva!
REY   Entren, pues, todos a hablarme
para mostrarles la Reina,
a quien deben vasallaje.

(Tocan chirimías, y sale EL CONDE, EL MERINO MAYOR, *y el
acompañamiento que pudiere.)*

Dadme el parabién, vasallos
llegad, pues, conde de Abrantes
hidalgos, llegad, y vos,
Vasco de Almeida, abrazadme.
CONDE   Señor, ya que así nos honras...
VASCO   Ya que tal merced nos haces...
PRIOR   Ya que el reino favoreces...
CONDE   Merezcámoste leales...
VASCO   Alcancemos tal favor...
PRIOR   Lógrense honores tan grandes...
CONDE   Con saber quien es la Reina.
VASCO   Con saber con quién te cases.
MERINO   Con saber esta elección.
VASCO   ¿A quién rinde vasallaje
Portugal?
MERINO   ¿Quién te merece?
CONDE   ¿Con quién la corona partes?
VASCO   ¿Fue Castilla quien la ofrece?
CONDE   ¿Fue Francia quien te la trae?
MERINO   ¿Fue Ingalaterra o Escocia?
VASCO   ¿Fue Hungría, Polonia o Flandes?
REY   No, amigos; más a mi gusto
quiere el amor que me case;
no es hija de rey mi esposa,
aunque es de reyes su sangre.
La más hermosa mujer
de Europa, y la de más partes
es mi esposa, portugueses,
tanto, que puede llamarse

la reina por la hermosura.
Y porque las dudas basten
doña Leonor de Meneses
es ya mi esposa: besadle
la mano, que ya amanece
a ser del sol nuevo ultraje.

(*Al son de chirimías corren una cortina, y se descubre sentada en un sitial* LEONOR, *y detrás de ella* GUIOMAR.)

VASCO   ¡Qué es lo que miro!
CONDE   ¡Qué es esto!
VASCO   ¡Hay intento más notable!
CONDE   ¡Hay confusión más cruel!
REY   ¿No llegáis, conde de Abrantes?
CONDE   Señor...
REY   ¿No llegáis, Almeida?
VASCO   Señor...
REY   ¿Cómo estáis cobardes?
¿Cómo dudáis? Mas si acaso
os da escándalo tan grave
verme casar con Leonor,
que ya engañados juzgasteis
esposa de Juan Lorenzo,
porque noticia no os falte
de la verdad, os aviso,
porque ninguno se espante.
Doña Leonor de Meneses,
a quien han hecho inclinarme
tanto aparato de influjos,
ayudados de sus partes,
por fe, por amor, por gusto,
por elección, por su sangre,
en mi concepto primero,
y luego en vivas verdades,
pronunciadas de la lengua,
cuando la intención no baste,
ha mucho que era mi esposa,
siendo el secreto la llave,
con que dentro del silencio

pudo este empleo guardarse.
Su padre después por fuerza,
que desto estuvo ignorante,
con Juan Lorenzo de Acuña
la casó, sin revelarle
Leonor las finezas mías;
y Juan Lorenzo, de amante
o de ciego, aún no aguardó
a que el Papa dispensase
en el deudo de los dos,
lo cual inválido hace
este matrimonio, amigos,
por dos causas tan bastantes:
la primera, que no pudo
serlo suya, siendo antes
mi esposa doña Leonor;
y la que más fuerza hace,
que tan deudos no pudieron
sin dispensación casarse.
Yo me he casado con ella,
con acuerdo, con dictamen
de los doctos de mi reino,
y en Coimbra los más graves
dirimen el matrimonio,
por dos estorbos tan grandes.
Esto me conviene, amigos,
Leonor es noble en linaje,
sus virtudes son heroicas,
excelentes son sus partes.
Yo la adoro ciego y loco,
ella no pudo casarse,
yo mi quietud busco en ella,
ella es fin de mis pesares.
Ya estamos los dos casados;
juradle, pues, homenaje
besadle la mano todos;
yo soy su esposo y amante,
ella es mi esposa sin duda,
pues por ley de Dios se sabe
que sin morir yo primero

| | no pudo serlo de nadie.

VASCO   En fin, ¿que ya estás casado?
CONDE   En fin, ¿que ya te casastes?
REY   Sí, vasallos, ya está hecho.
VASCO   Pues si tuviste dictamen
                 que aprobó tu acción...
CONDE   Si, en fin
                 lo aprueban varones graves...
VASCO   Ya que en eso te conformas...
CONDE   Ya que en eso te ajustaste...
VASCO   ¿Qué puede hacer ya tu reino...
CONDE   ¿Qué han de hacer los más leales...
VASCO   Sino obedecer tu gusto?
CONDE   Sino seguir tu dictamen?
VASCO   Portugueses, nuevos Cides:
                 portugueses, nuevos Martes,
                 besad la mano a la Reina
                 rendid todos vasallaje,
                 decid que viva Fernando
                 y Leonor largas edades.
TODOS   ¡Vivan Fernando y Leonor!
REY   Llegad todos, y besadle
                 la mano: ya, Leonor mía,
                 Portugal te ve triunfante.
LEONOR   ¡Qué presto llegan las dichas
                 a quien las tiene por males!
GUIOMAR   Calla, Señora, el reinar
                 a toda ley...
LEONOR   ¡Qué mal sabes,
                 que en quien violentada vive,
                 aun los reinos son pesares!
GUIOMAR   Ya llegan todos, atiende,
                 no note el Rey tu semblante.
PRIOR   Yo quiero ser el primero
                 que obediente me adelante
                 a besar a vuestra alteza
                 la mano.
REY   Prior, ya sabe
                 la Reina... Pero ¿qué cajas,

(Tocan clarín y caja.)

<table>
<tr><td></td><td>qué instrumentos militares</td></tr>
<tr><td></td><td>turban la quietud del día</td></tr>
<tr><td></td><td>en que el amor hizo paces?</td></tr>
<tr><td>VASCO</td><td>Debe de llegar ya cerca</td></tr>
<tr><td></td><td>la Reina, que estas marciales</td></tr>
<tr><td></td><td>trompas es que Juan Lorenzo</td></tr>
<tr><td></td><td>de Acuña ha llegado a darte</td></tr>
<tr><td></td><td>sin duda esta nueva, como</td></tr>
<tr><td></td><td>a recibirla no salen,</td></tr>
<tr><td></td><td>que a ello se habrá adelantado</td></tr>
<tr><td></td><td>por mandado del Infante</td></tr>
<tr><td></td><td>o de la Reina.</td></tr>
<tr><td>REY</td><td>¿Qué Reina?</td></tr>
<tr><td>VASCO</td><td>La hermana del rey don Jaime.</td></tr>
<tr><td>REY</td><td>Pues esa no es Reina, Almeida:</td></tr>
<tr><td></td><td>llamadla de aquí adelante</td></tr>
<tr><td></td><td>la infanta: Leonor es Reina.</td></tr>
<tr><td>LEONOR (Ap.)</td><td>Mucho debo al Rey; pesares,</td></tr>
<tr><td></td><td>haced que no lo conozca</td></tr>
<tr><td></td><td>si he de morir de constante.</td></tr>
<tr><td>VASCO</td><td>Yo seré más advertido.</td></tr>
<tr><td>REY</td><td>Pues sedlo para agradarme.</td></tr>
<tr><td>VASCO</td><td>Ya ha llegado Juan Lorenzo.</td></tr>
<tr><td>LEONOR</td><td>¡Ay de mi!</td></tr>
<tr><td>REY</td><td>Ya llega tarde.</td></tr>
<tr><td>VASCO</td><td>¿Qué se ha de hacer?</td></tr>
<tr><td>REY</td><td>Que cesen</td></tr>
<tr><td></td><td>los aplausos que empezasteis.</td></tr>
<tr><td>TODOS</td><td>¡Vivan Fernando y Leonor!</td></tr>
<tr><td>REY</td><td>Volved a darla leales</td></tr>
<tr><td></td><td>la obediencia; portugueses,</td></tr>
<tr><td></td><td>proseguid el vasallaje.</td></tr>
</table>

(Vuelven a besarle la mano, tocando las chirimías, y por otra parte tocando clarín y cajas, van saliendo poco a poco JUAN LORENZO *y* BARRETO.*)*

<table>
<tr><td>JUAN</td><td>¿Qué festivo aplauso es este?</td></tr>
<tr><td></td><td>Juntos asisten los grandes:</td></tr>
</table>

junto está el reino; ¿a quién juran
obediencia y homenaje?
Quiero informarme: ah, hidalgo
decidme, así Dios os guarde,
¿a quién obediente el reino
aquesos aplausos hace?

MERINO   A la Reina.

JUAN   ¿Qué decís?

MERINO   A la Reina.

JUAN   ¡Ay más notable
confusión! ¿quién es la Reina,
si aún no ha llegado el Infante
con la Reina?

MERINO   Juan Lorenzo,
yo no sé más; esto baste.

PRIOR   ¿Ha de llegar Juan Lorenzo?

REY   Yo voy a que llegue a hablarme.

JUAN   Todo yo soy confusiones.

REY   ¡Fuerte empeño!

LEONOR   ¡Fuerte lance!

JUAN   Déme vuestra majestad
a besar sus pies reales.

REY   A mal tiempo habéis venido,
Acuña.

JUAN   ¿Cómo el que trae
la Infanta, y viene de haberos
servido a vos y al Infante,
llegar a mal tiempo puede?

REY   Porque ya ha llegado tarde
la Infanta, y aun vos.

JUAN   Señor
¿Qué decís?

REY   Mucho os tardasteis;
pero ya que habéis llegado
en esta ocasión, besadle
la mano a la Reina, Acuña;
haced lo que todos hacen.

JUAN   ¿Casado vos?

REY   Juan Lorenzo,
hoy me casé; ¿que dudasteis?

Besad su mano.
JUAN   Señor,
ciegos somos los leales:
yo obedezco vuestro gusto
sin disputar el desaire.
REY   Llegad, que allí está la Reina.
JUAN   Yo llego. ¡El cielo me ampare!
¿Estoy soñando? ¿estoy loco?
Si no me mata el dolor
mucho le debo al valor,
y a mis sentimientos poco.
Si es verdad esto que toco,
honor, no te pido aliento;
si yo, estatua al sentimiento,
me quedé inmoble, por dar
desagravios al pesar
y vanidad al tormento;
honor... Pero él no lo sabe,
que es fiscal y no testigo,
es verdad; pero ¿qué digo?
Esto en la verdad no cabe;
una sinrazón tan grave
sólo fue sueño o quimera;
mas ¡ojalá que lo fuera,
porque si ahora soñara,
alguna vez despertara
de una deshonra tan fiera!
Mas yo llego; ¡es devaneo!
Leonor no debió de ser
mi mujer, o esta mujer
no fue Leonor, esto creo;
vuestra alteza (¡qué rodeo!)
Leonor, esposa, un vasallo...
Cierto es mi mal, no hay dudallo,
pues por uso, aunque me riño,
hallo el nombre del cariño
y el del respeto no hallo.
REY   ¿Qué os detiene? ¿qué os suspende?
Llegad; ¿qué os ha suspendido?
JUAN   Un mal que el alma ha sabido

y que ignorarle pretende:
una duda que se entiende
y una ilusión que comienza
a formarse y se avergüenza:
y una verdad muy desnuda,
que la cubro con la duda
porque no esté a la vergüenza:
un agravio que se ve.

REY   Cerrad, Juan Lorenzo, el labio:
yo no os ofendo ni agravio;
Leonor vuestra esposa fue;
yo primero me casé
con ella, el cielo es testigo
en mi intención, y así digo
que en el amor de los dos,
más que yo ofensor con vos,
fuisteis vos traidor conmigo.
Vuestra fue, tenéis razón;
mas ya el matrimonio ha sido
inválido y dirimido
por faltar dispensación,
y porque para esta unión
de su padre fue forzada;
ya está con un rey casada,
y así no hay más que entender
que para vos llegó a ser
sueño, ilusión, sombra o nada.

JUAN   ¡Esta ingratitud escucho!
¡Tú forzada, dueño mío!

LEONOR ¡Con qué de penas porfío!

JUAN   ¡Con qué de pesares lucho!

LEONOR Quién dijera (¡dolor mucho!)
mas temo al Rey su fiereza.

JUAN   ¿Yo violenté tu belleza?

LEONOR Señor Juan Lorenzo, sí.

REY   ¿Qué hacéis, Juan Lorenzo, así?

JUAN   Besar la mano a su alteza.

REY   Bien hacéis; yo os di licencia
para que beséis su mano;
pero al cielo más profano

debe guardar reverencia.
Ya en Leonor hay diferencia
del ser que antes ha tenido,
y así, borrad advertido
cuanta memoria profana
dijere que hoy es humana
en fe de que ayer lo ha sido.
Tiene un escultor labrada
la imagen, y antes de estar
colocada en el altar,
la toca con mano osada,
mas si ya está colocada
fuera error profano y feo.
Escultor fuisteis grosero,
mas ya colocada está,
ved que es sacrilegio ya
tratarla como primero.
Volved, pues desto avisado
y pues sabéis mi afición
a la Infanta de Aragón...

VASCO	Señor, la Infanta ha llegado.
REY	Pues decid...
VASCO	¡Lance apretado!
JUAN	Deste agravio apelo a Dios;
	¿Qué responderé a los dos?
REY	Juan Lorenzo, en pena tanta,
	despedid vos a la Infanta,
	pues que la trujisteis vos.

(Tocando clarín y cajas, se van entrando EL REY *y su acompañamiento por una puerta, quedando solo* JUAN LORENZO, *y por la otra van saliendo* LA INFANTA, EL MAESTRE *y acompañamiento.)*

MAESTRE	Cesad, no se queje el parche,
	no giman más las trompetas,
	haced que enmudezca el bronce,
	reprima el metal sus quejas,
	pues entrando por Lisboa,
	y llegando con la Reina,
	ni en la ciudad, ni en Palacio

                                    hay un indicio, una seña
                                    de salir a recibirme.
INFANTA   Hasta las cuadras primeras
                                    del Palacio hemos llegado,
                                    y confusas y suspensas
                                    discurren las gentes todas,
                                    sin que la ocasión se entienda.
                                    Buen agasajo, Maestre:
                                    ¿Así recibe a sus reinas
                                    Portugal?
MAESTRE   La causa ignoro,
                                    aunque es fuerza que la tengan.
                                    Confuso estoy, y aun corrido:
                                    todo es confusión y penas.
                                    Juan Lorenzo, honor de Acuña,
                                    gloria ilustre portuguesa...
INFANTA   Descubrid vos este enigma.
MAESTRE   A vos mis dudas apelan.
INFANTA   ¿Quién causa estas novedades?
MAESTRE   ¿Por qué los nobles me dejan?
INFANTA   ¿Cómo el Rey no me recibe?
MAESTRE   ¿Cómo el reino no hace fiestas?
INFANTA   ¿Sabe el Rey que yo he llegado?
MAESTRE   ¿Saben que está aquí la Reina?
INFANTA   ¿No respondéis?
MAESTRE   ¿Estáis mudo?
INFANTA   ¿Vos suspiros?
MAESTRE   ¿Vos ternezas?
INFANTA   Grande desdicha adivino.
MAESTRE   Gran pesar el alma espera.
INFANTA   ¿Es vivo el Rey, mi señor?
MAESTRE   ¿Es muerto mi hermano? Apriesa,
                                    decid.
JUAN   No es muerto, el Rey vive,
                                    que menos desdicha fuera:
                                    mi honor es el muerto, Infante.
MAESTRE   Juan Lorenzo, ¿habláis de veras?
JUAN   El Rey fue...
MAESTRE   Que ya adivino
                                    la ocasión de aquesas quejas:

                    ya sé su intento; mas tú,
                    profeta de tus ofensas,
                    te anticipaste sin duda
                    tu agravio con imprudencia.
                    Tu esposa habrá procedido
                    como noble en esta ausencia;
                    el Rey sólo tendrá culpa.
                    Pero ya viene su alteza,
                    que sabrá quietar al Rey,
                    pues es Reina.
JUAN   ¿Quien es Reina?
MAESTRE   ¿Eso preguntas?
JUAN   Señor,
                    si lo dices por su alteza
                    la Infanta, ya, pues, tu hermano
                    me ha mandado que la vuelva;
                    casado está el Rey, Infante.
INFANTA   Juan Lorenzo, ¿hablas o sueñas?
MAESTRE   ¿Casado? di, ¿estás soñando?
JUAN   Pluguiera a Dios lo estuviera;
                    el Rey se ha casado, Infante,
                    con... Digámoslo de priesa,
                    con mi espo... Pero ¿qué digo?
                    La infame voz retroceda,
                    y hacia el secreto del alma
                    den los ecos de mi afrenta;
                    no digamos más, honor,
                    éstas basten para señas:
                    más dije que yo pensaba,
                    pero menos que pudiera.
                    Esto baste, no me obligues
                    a que desnuda se vea
                    en lo escueto de las voces
                    mi deshonra a la vergüenza.
                    Llórelo yo, y no lo diga,
                    pues de ocasión como aquesta
                    sacó que llorar mi honor
                    y no que decir mi lengua.
INFANTA   Juan Lorenzo, espera, aguarda;
                    no es tiempo ahora de quejas,

que nunca son del agravio,
medicina las ternezas.
Yo, que del desaire mío
miro un retrato en tu ofensa,
recetaré para entrambos,
médico de mis afrentas,
medicinas de venganzas
que sólo al honor remedian.
Volved a Aragón, amigos,
marchad otra vez la vuelta
de Castilla: bese el aire,
en sutiles obediencias
las barras que mi venganza
ha de volver más sangrientas.
Borrad esos nuevos timbres,
desgarrad de mis banderas
las aragonesas barras
y las quinas portuguesas.
Sepa el mundo...

MAESTRE   Gran señora,
no es menester que tú seas
quien dé venganzas divinas
a tan humanas ofensas;
a mí ha sido este desaire,
que a la faz del sol no llega
vil impresión peregrina
que acá en el aire le queda.
Por mi corre esta venganza,
este agravio está a mi cuenta,
y sabrá desempeñarle
mi razón cuando convenga.
No anticipéis el desaire,
vamos a que el Rey nos vea,
podrá ser que cara a cara
le obligue a más reverencia
lo material de los ojos
que la fe de las orejas;
y cuando a deidad tan alta
profano ignore, y no crea,
a pesar de sus antojos,

de su amor o de sus penas,
vencido de mis razones,
de mis voces, de mis quejas,
vos habéis de ser su esposa;
y si no bastaren ellas,
sabré yo, contra mí mismo
y contra mi sangre mesma,
inundar la Europa en sangre,
que soy en cualquier empresa
don Juan, maestre de Avís,
de quien dicen las estrellas
que ha de ser rey; teme, hermano,
que en esta ocasión no sea.

INFANTA   Pues, Maestre, ¿qué aguardamos?
MAESTRE   Pues, Juan Lorenzo, ¿qué esperas?
INFANTA   Brille tu espada ofendida.
MAESTRE   Sígueme a mí y a la Reina.
INFANTA   Que si tú mi ofensa amparas...
MAESTRE   Si tú conmigo te empeñas...
INFANTA   El fuerte escudo en el brazo...
MAESTRE   El freno herrado en la diestra...
INFANTA   Yo haré a Portugal cenizas.
MAESTRE   Yo haré que Europa me tema.
INFANTA   ¿Qué respondes?
MAESTRE   ¿Qué nos dices?
JUAN   Que entre la duda y la afrenta,
la lealtad y la venganza,
solamente me consuela
que antes que elija en mis dichas
vengarlas o padecerlas,
sabré morirme de honrado,
que aunque la muerte no quiera,
también la afrenta es veneno,
y me matará mi afrenta.

JORNADA TERCERA

(De don Francisco de Rojas.)

Sale EL REY *alborotado, y medio desnudo, con una luz en la mano y la espada desenvainada.*

REY
      Fantasía de los ojos,
bulto aparente a los míos,
ni bien sombra de lo que eres,
ni cuerpo de lo que has sido:
estatua móvil de hielo,
ente de razón preciso,
pues al fingirte corpóreo,
no eres aquél que te finjo;
don Juan Lorenzo de Acuña,
pregúntote yo a ti mismo:
si cuerpo, ¿cómo tan muerto?
Si sombra, ¿cómo tan vivo?
Retóricamente mudo
examinas mis delitos;
pregúntame con palabras,
no me hables con suspiros.
Esta noche vivo estabas
y va cadáver te miro;
ayer eras tú tu ejemplo,
y hoy eres ejemplo mío.
¿La mano derecha alargas,
cuando yo la espada vibro?
Dígame tu voz primero
si es lealtad o es sacrificio.
¿También la afrenta es veneno
decís, airado conmigo?
Pues no lo será la afrenta;
mi acero será el castigo
hoy a su impulso... ¿qué es esto?

(Tira cuchilladas al aire, y quédase como turbado.)

      Bronce helado me corrijo,

apenas puedo moverme.
Juan Lorenzo (¡estoy perdido!)
Vasallos... (No he de llamarlos.)
Espera (¡Mortal me indigno!),
aguarda.

(Al irse a entrar el Rey, sale por la misma parte VASCO DE ALMEIDA,
y le detiene.)

VASCO	Señor, ¿qué es esto?
	¿Vos, Señor, tan vengativo?
	¿Contra quién vuestra pasión
	indigna el acero limpio?
	¿Contra quién estáis airado
	que no se rinde vencido?
	¿Y cómo ya vuestro acero
	no está en rojo coral tinto?
	Porque no ha de verse en blanco
	el acero de un rey vivo,
	o la vaina ha de ocultarlo
	o la sangre ha de teñirlo;
	¿Vos a estas horas en pie?
REY	¿Habéis visto...
VASCO	A nadie he visto.
REY	A Juan Lorenzo de Acuña,
	que muerto, pálido y frío,
	con la mano por espada,
	y con la razón por filo,
	salió por esa antesala?
VASCO	Que es ilusión averiguo,
	porque yo en su propia casa
	lo dejé anoche.
REY	Ha podido
	tanto mi injusticia en mí,
	que ella propia me ha vestido,
	viendo que desnudo estaba,
	del color de mi delito.
VASCO	Señor, decidme el suceso,
	que me hallo tan indeciso...
REY	Que, ¿no es verdad?

VASCO   Que soy yo
                  la enigma de este prodigio.
REY   Estadme, don Vasco, atento.
VASCO   Decid, rey Fernando.
REY   Digo.
                  Iba a descansar el sol
                  en el lecho cristalino,
                  y le mulleron sirenas
                  los transportines de vidrio,
                  cuando con doña Leonor
                  el tálamo solicito,
                  y a sus desdenes constantes
                  llamé con blandos cariños.
                  Apenas en mi retrete
                  con mi esposa me retiro
                  (si de quien es rey cruel
                  el nombre de esposo es digno),
                  cuando por sus bellos ojos
                  desangrados hilo a hilo,
                  dos arroyos desatados
                  salieron tan encendidos,
                  que abrasaban sus mejillas;
                  pero a poco espacio miro
                  que aunque reventaron fuego
                  se quejaron en granizo.
                  Vencí, sin vencerla, en fin,
                  el alma de su albedrío;
                  mas no busca conveniencias
                  quien quiere por apetito.
                  Pero prosiguiendo el llanto,
                  sin saber que ella lo dijo,
                  oigo, siendo yo su esposo:
                  «¡Ay don Juan de Acuña mío!»
                  Yo, viendo que es ya mi esposa,
                  la venganza solicito,
                  al repudio me propongo,
                  la excepción del Rey publico,
                  descasarme otra vez quiero,
                  volverla a su dueño admito;
                  sentilo como señor,

llorélo como ofendido,
véngome como cruel,
y como noble me indigno.
Conoció Leonor sus yerros
y que habló lo que no quiso;
mas como escribió el dolor
en su corazón divino
su amor con pluma de agravio
y tinta de color tibio.
Como estaba abierto entonces
el papel de sus delitos,
leyeron la lengua y ojos
lo que el dolor había escrito.
Pensaba yo en repudiarla,
el blando lecho despido,
cuando volviendo los ojos
hacia esa otra pieza, miro
a Juan Lorenzo de Acuña,
el rostro sin color vivo,
todo sombra, asombro todo,
el enigma de sí mismo.
La mano siniestra puso
sobre el acero bruñido
y la diestra me alargaba,
u de obediente u de altivo;
mas neutral mi confusión,
como miro a un tiempo mismo
en clausura de una funda
tapiado el acero limpio,
y que su mano derecha
era su mismo castigo,
lo mismo que me indignaba
aquello me satisfizo.
Con todo, aunque tan leal,
como sombra le distingo,
mi espada encargo a mi brazo,
cólera y valor irrito,
con palabras le provoco,
con el acero le obligo;
y sólo dio a mis enojos

la respuesta por delito,
también la afrenta es veneno.
Más me enoja, más le sigo,
él se aparta, yo me templo,
y a este tiempo el cielo quiso
que a tu espada me suspendo
y a tu razón me apaciguo.
Leonor no ha de ser mi esposa,
aunque es mi esposa, que he visto,
que el amor que fue primero,
arde en las cenizas tibio;
yo no he de vivir celoso
aunque viva mal querido:
los celos son para amantes,
pero no para maridos.
Hoy a su primer esposo
reducirla determino.
Del imperio he de valerme,
puesto que ofensa no ha sido
que la goce como esposo
quien la dejó como indigno;
así admitiré a la Infanta,
evitaré los peligros
que amenazan a mi imperio
por ser con razón precisos;
corregirá mi recato
lo que supo errar el vicio,
borraré aquesta ilusión
que confunde mis sentidos:
deberé a su celo premios,
a su efecto beneficios.
Esto es lo que me ha pasado,
esto lo que determino;
esto ha de ser, vive Dios,
esto en mi reino publico.
Vos sois quien ha de ayudarlo,
de solo vos me confío,
ya habéis sido mi maestro,
ahora os negocio amigo.

VASCO   Con lágrimas de amor siento

(¡Oh Rey, invicto señor!)
que vendáis por pundonor
lo que es aborrecimiento.
Con nombre de esposo veo
que habéis gozado a Leonor:
cansado se ha vuestro amor,
no era amor, era deseo;
y hoy conoce mi verdad,
que con fingidos desvelos
achacáis a vuestros celos
lo que erró vuestra crueldad.
Leonor fue esposa la también
de Juan Lorenzo, Señor:
si era discreta Leonor,
¿no había de quererle bien?
Y ya, en caso semejante
conozco vuestro despego,
que si amor estuvo ciego
no pudo estar ignorante;
y pues visteis la pasión
de dos almas siempre unidas,
¿por qué han de pagar dos vidas
lo que erró una sinrazón?

REY   En fin, repudiarla quiero
y otra vez la ha de llevar.

VASCO Si le queréis castigar
mejor es con vuestro acero:
ved que ira tan sangrienta
dais al rigor más rigor:
basta una ofensa, Señor,
sin que la hagáis otra afrenta.

REY   Si porque mi intento os muestro
tan contra mi gusto os hallo...

VASCO Aunque soy vuestro vasallo,
he sido vuestro maestro.

REY   Ahora no se ha mostrado.

VASCO Decís bien, que entre los dos,
nadie juzgará, por Dios,
que soy quien os ha enseñado.
Copia el discipulo es fiel

| | del maestro que ha tenido:
| | ¡Qué distintos hemos sido!
| | Yo piadoso, y vos cruel.
REY | Cruel mi padre vivió,
| | su fama lo contará
| | así: ¿qué mucho será,
| | que imite sus pasos yo?
VASCO | Aunque cruel vino a ser
| | (esto se ha de reparar),
| | fuelo para castigar,
| | mas no para cometer.
REY | Padezca, o sufra rigores,
| | que he de volvérsela digo.
VASCO | Y yo, como vuestro amigo,
| | lloraré vuestros errores.
REY | ¡Qué cansado!
VASCO | Soy leal.
REY | Vasco, dejadme.
VASCO | Ya os dejo.
REY | ¡Qué de consejos!
VASCO | Soy viejo.
REY | Y muy viejo.
VASCO | Estoy mortal.
REY | ¡Hola!

(*Sale* DON CLAUDIO.)

DON CLAUDIO | Señor, ¿qué me ordenas?
REY | Dadme luego de vestir.
VASCO | Dejadme, penas, sentir.
REY | No estorbéis mis glorias, penas.
DON CLAUDIO | ¿Tan presto está el Rey vestido?
| | No su intención comprehendo:
| | Obedecerle pretendo.   (*Vase.*)
REY | Ya pienso que ha amanecido;
| | oíd, Vasco. Esta ilusión,
| | esto que he visto aparente,
| | lo estoy juzgando presente,
| | y sola aquella razón
| | me tiene de dudas lleno,

que aunque muerto le he dudado,
parece que le he escuchado
también la afrenta es veneno.

VASCO   Cuando es muy grande un exceso
si le viste la malicia,
parece que la injusticia
está anunciando el suceso.
Vos con la afrenta, Señor,
con castigo tan ajeno,
le haréis que beba el veneno
de su propio deshonor.
Si le bebe, morirá,
y como ha de obedecer
lo que en la muerte ha de ser
lo previene en vida ya;
y así por mayor blasón
por dejaros satisfecho,
está prevenido en hecho
lo que sólo es ilusión.
Esto si vasallo ha sido,
bien que ahora os ha asombrado,
pues lo que no habéis pensado
en sombra has obedecido.
Y como ha de morir lleno
de afrenta y de sinrazón,
hoy os dice en ilusión
también la afrenta es veneno.

REY   La interpretación, don Vasco,
ha salido como vuestra.

(Sale DON CLAUDIO con vestidos en una fuente y espejo.)

DON CLAUDIO   Ya, Señor, puedes vestirte,
que ya vestida su alteza
sale a esta pieza también.

REY   ¿Quién se ha vestido?

DON CLAUDIO   La Reina.

REY   Doña Leonor de Meneses
es sólo.

(*Sale* DOÑA LEONOR.)

DOÑA LEONOR   Criada vuestra.
REY   Dadme de vestir, don Claudio.

(*Vuelve* EL REY *el rostro hacia otra parte, y vístese sin mirar a* DOÑA
LEONOR.)

DOÑA LEONOR   ¿Qué es, Señor, lo que me ordenas?
    (*Ap.* Finjamos, penas, finjamos:
    ¡Ay amor lo que me cuestas!)
    Leonor, tu esposa, a tus brazos
    con alas de blanda cera,
    mariposa racional,
    a tu ardiente amor se entrega.
    ¿No me respondes, Señor?
    ¿No te merezco respuesta?
    ¿El rostro vuelves airado?
    ¿La luz a mis ojos niegas?
    No haces bien, que mi razón
    puesta a tu luz no luciera;
    pero volviéndola el rostro,
    si hoy a la sombra la dejas,
    arderá como razón
    la que encendió como queja.
REY   La valona.
DOÑA LEONOR   ¡Que esto sufro!
    ¡Que esto los cielos consientan!
    ¡No basta una tiranía,
    sino también una ofensa!
    ¿Este es amor, o es recelo?
    ¿Es despego, o es violencia?
    ¿Es cuidado, o es temor?
    Si celos, ¿qué te recelas?
    Oye este ejemplo, Señor,
    y aviso a tus ojos sea
    para que con mi lealtad
    se asegure tu grandeza.
    La rosa, joya del prado,
    a quien el alba alimenta,

y sumiller de sí misma
se recoge y se desprecia,
bello maridaje hacía
con el jazmín en la selva:
velos de plata gozaba,
que ella en púrpura conserva,
llegó mano poderosa
y sacó la raíz mesma
de la rosa, y en el prado
junto al clavel la conserva,
que como rey de las flores
despreciaba las violetas.
Cuando la rosa arrancaron,
con llanto de coral vieras,
que amante sintió rigores,
que antes adoraba tierna.
Pero viendo que es su esposo
el clavel, y que, en fin, reina,
segunda vez enrojece
su púrpura macilenta;
olvida al jazmín su esposo,
al clavel su rey aprueba,
que a veces vence el poder
lo que el amor no pudiera;
y así...

REY   Ya estás entendida:
el ferreruelo.

(Pónese el ferreruelo, y salen JUAN *y* BARRETO.)

BARRETO   ¿Así te entras
sin hablar una palabra
hasta el cuarto de su alteza?
¿Qué intentas hacer?

JUAN   Pedirle
para partirme licencia
a Castilla, donde intento
que Portugal todo sepa,
que diga... ¡Qué torpe estoy!
Es el dolor y la pena

escalón desconcertado
donde tropieza la lengua.
Tú, Barreto, vete a casa.
BARRETO   Tu precepto es mi obediencia.   *(Vase.)*
DOÑA LEONOR En fin, Señor, ¿qué a mi voz
atajas desta manera?
¿Al desprecio te consientes,
cuando yo soy roca opuesta
a un amor, que ya olvidado,
olas de llamas le inquietan?
¡Vive el cielo cristalino,
bello espejo de la tierra,
que a mi venganza mi voz
ha de ser mi espada mesma!
Rey, señor, esposo, amante,
dueño, luz...
JUAN   ¡Oh pena fiera!
¡No me bastaba saberlo,
sino que a escucharlo venga!
¡Oh pésele a mi dolor!
¡Oh mi cuidado lo sienta!
El uno en coral lo llore
y otro en valor lo divierta.
DOÑA LEONOR ¿A mi voz no te enterneces,
que como a mi propia lengua,
áspid del cuerpo no muerde
el abrigo de sus venas;
cual tronco a los verdes lazos
de la cariñosa hiedra,
que en vez de blandos halagos,
le sacudió la corteza?
¿No me respondes, en fin?
Pues óyeme esta indecencia,
por mi honor sólo te llamo,
no lo hago porque me quieras,
cruel, tirano poderoso,
ingrato, desleal.
JUAN   ¡Qué ofensa!
DOÑA LEONOR Monstruo que ha abortado el odio,
padre que hizo la violencia.

REY   Dame el espejo.

(*Toma el espejo* JUAN, *y llévasele al* REY; *túrbase este y* DOÑA
LEONOR.)

JUAN   Aquí tienes
                       el espejo, donde puedas
                       mirar tu propio semblante;
                       mas con esta diferencia,
                       que aunque le queda el acero,
                       perdió su virtud secreta,
                       porque se empañó el cristal
                       con el borrón de la afrenta.
REY   ¿Aquí estabais?
JUAN   Sí, Señor:
                       vengo a pedirte licencia
                       para partirme a Castilla,
                       porque no quiero que tengas
                       siempre delante de ti
                       quien con la vista te ofenda.
REY   ¡Antes me he holgado de veros,
                       que esta noche os vi en mi idea
                       muerta imagen de la vida,
                       vivo cuerpo en sombra muerta!
                       De vuestra vida me alegro,
                       debedme aquesta fineza.
JUAN   No os engañasteis, Señor,
                       ni fue fantasía vuestra:
                       murió mi honor a las manos
                       de vuestra propia violencia;
                       él es alma de la vida
                       y quedó el cuerpo sin ella,
                       pues como murió el honor
                       que el cuerpo y vida alimenta,
                       lo que era luz de la vida
                       es ya sombra de la idea.
REY   Basta ya, que, vive Dios,
                       que al que intente...

(*Empuña* EL REY *la daga, y va tras él.*)

DONA LEONOR   Vuestra alteza...
REY   Hacer misterios de honor
                   los blasones que le esperan
                   que con mi acero...
DOÑA LEONOR   Tened.

(Detiene LEONOR *al* REY, *y* JUAN *se retira poco a poco.)*

REY   Su propio ministro sea.
                   Y vos quién sois para que...
JUAN   Yo, Señor, hechura vuestra.
REY   ¡Ay del tiempo en que los reyes
                   a tan mal estado llegan
                   que no escuchan lo que escuchan!
                   ¡Oh cielos, y quien pudiera
                   no ser el mismo que soy,
                   siendo el mismo que quisiera!
DOÑA LEONOR   Yo soy doña Leonor Téllez...
JUAN   Y yo soy quien en la guerra...
REY   Venid, venid.   *(Vase.)*
VASCO   ¡Qué impiedad!
DOÑA LEONOR   Cuya heredada nobleza...
JUAN   Os ha dado más victorias...
DOÑA LEONOR   Yo a Portugal más grandeza...
JUAN   Pero si faltan oídos,
                   ¿Adonde aspiran las quejas?
DOÑA LEONOR   ¡Que esto sufra mi dolor!
JUAN   ¡Que el cielo no se enternezca!
DOÑA LEONOR   Vasallo (¡qué mal he dicho!),
                   esposo (¡qué voz tan tierna!),
                   Señor (¡qué poco cariño!),
                   mi dueño (¡detente, ofensa!),
                   no acierto a hablarle vasallo,
                   ni sé corregirme reina;
                   pero entre afectos tan grandes
                   del honor y la terneza,
                   me llevo más del amor,
                   y divertida la lengua,
                   como sabe aquel camino,
                   el otro que gusta deja.

JUAN

¡Ay de mí, que llego a tiempo
en que es mi blasón ofensa!
¡Que esté mirando a mi esposa,
y con ser mi esposa mesma
en decirla mis cuidados
al que me ha ofendido ofenda;
y que en él sea pundonor
tiranizarme mi prenda,
y en mí, que la adoro amante,
sea declararme bajeza!
¡Oh leyes instituidas
contra la naturaleza!
¡Que reyes humanos pongan
leyes a las almas nuestras,
cuando aun Dios no las castiga
hasta que los cuerpos dejan!

DOÑA LEONOR   Salga a mi labio la voz.

JUAN   Reprimamos esta pena.

DOÑA LEONOR   Sean mis propios impulsos
descargo de mi inocencia,
y del proceso del alma
sea el relator la lengua.

JUAN   ¡Que ya no tenga remedio
esta pérdida, esta fuerza,
pues ya en las leyes de honor
admitirla es más afrenta,
y en los de mi voluntad
será mi muerte perderla!

DOÑA LEONOR   (*Ap.* Con él he de hablar ahora,
mi disculpa en mí se advierta:
como que me quejo al Rey,
le he de declarar mis quejas.)

(*Habla mirando al vestuario, como que se lo dice al* REY.)

Rey, si mi llanto no escuchas,
no me niegues las orejas,
que son las puertas mejores
por donde se entra a la enmienda:
bien sabes que resistí

	como amante esta violencia,

como amante esta violencia,
porque no reina en los cuerpos
quien en las almas no reina.
¿Que cetro como el contento?
Si es el amor quien gobierna
el arco de las bonanzas,
tiró al corazón su flecha;
yo he querido a Juan Lorenzo,
tú me haces que no le quiera,
por ser reina me reprimo,
no le hablo, porque soy reina.
¡Juan Lorenzo, Juan Lorenzo!

JUAN   ¿Qué me manda vuestra alteza?

DOÑA LEONOR   No hablaba con vos ahora.
(*Ap.* Tente, amor, que me despeñas)

JUAN   (*Ap.* Tente, ofensa, que me matas:
satisfacción, ¡qué aprovechas!
¡que he de callar y sentir!)
El Rey se salió allá fuera.

DOÑA LEONOR   Pues si él se fue, yo me voy.
(*Ap.* ¡Oh cielos, y quién pudiera
no hablarle como quien soy
y amarle como quien era!)

JUAN (*Ap.*)   ¡Quién pudiera, oh pena mía,
si no es más de una mi pena,
que esta ofensa, si la hablara,
hacer que no fuera ofensa!

DOÑA LEONOR (*Ap.*)   Pero aquí de mi valor.

JUAN (*Ap.*)   Ahora de mi nobleza:
aunque el Rey la repudiara,
no era posible quererla.

DOÑA LEONOR (*Ap.*)   Ya, aunque me olvidara el Rey,
no era bien que él me quisiera.

JUAN (*Ap.*)   Pues a llorar, sentimientos.

DOÑA LEONOR (*Ap.*)   Lágrimas, a tierra, a tierra:
centro hay para los dolores.

JUAN (*Ap.*)   Muerte hay para las violencias.

DOÑA LEONOR (*Ap.*)   Que, en fin, perdí... No lo digo.

JUAN (*Ap.*)   En fin, yo lloro... es bajeza.

DOÑA LEONOR (*Ap.*)   ¡Que otro esposo tengo en vida

JUAN *(Ap.)*   ¡Que sin su muerte la pierda!
DOÑA LEONOR *(Ap.)*   ¡Que, en fin, le he perdido ya!
JUAN *(Ap.)*   ¡Que, en fin, es fuerza perderla!
DOÑA LEONOR   Quedaos con Dios, Juan Lorenzo.

(Vase DOÑA LEONOR.)

JUAN   Guarde el cielo a vuestra alteza.   *(Vase.)*

(Sale BARRETO.)

BARRETO   Cierto, que soy desdichado,
                     mas soy, criado, en efeto:
                     ¡Que siendo yo tan discreto
                     sirva a un amo tan menguado!
                     Señores, no puedo ver,
                     aunque la estime y adore,
                     que haya marido que llore
                     porque perdió a su mujer;
                     y no, que con la congoja,
                     portugués de más valor,
                     derretido de su amor
                     lágrimas de sebo arroja.
                     Mas si conmigo lo hicieran,
                     llorara, aunque me agraviaran,
                     no que a mí me la quitaran,
                     sino que a mí me la dieran.
                     Yo confieso nu pecado:
                     si adoro a una dama bella,
                     quisiera parlar con ella
                     en la punta de un tejado;
                     pues en vez de su trabajo
                     la pagara mi interés
                     con arrojarla después
                     desde el caballete abajo.
                     Señores, hablemos claro
                     (esto quisiera saber)
                     ¿Hay quien quiera a su mujer?
                     Que será raro, y muy raro.
                     Señoras, respuesta pido
                     a todos los pareceres,

con haber tqntas mujeres
¿Hay quien quiera a su marido?
El marido a la mujer,
bien que viven disfrazados,
son dos bandos encontrados
ella es Narro, y él Cader;
y que siempre están, infiero,
aunque lo fingido obre,
siempre peleando sobre
cual mata al otro primero.
Guiomar a palacio fue
y su belleza perdí;
pero ¿qué se me da a mí,
pues que nunca la estimé?
Ni la pretendo buscar
ni en Guiomar pensar quisiera;
pero si ahora la viera...

(*Sale* GUIOMAR.)

GUIOMAR   Aquí está doña Guiomar.
BARRETO   ¿Guiomarilla?
GUIOMAR   ¿Mi Barreto?
BARRETO   ¿Qué es esto que ha sucedido?
GUIOMAR   Vuelvo a casa pan perdido;
                  dejé el palacio, en efeto.
BARRETO   Pues di, ¿por qué le has dejado?
GUIOMAR   Barreto, porque he advertido
                  que si allá fui pan perdido
                  aquí he ser pan ganado.
                  Hermano, vengo cansada
                  de servir y trabajar,
                  y más lo vengo de estar
                  toda la vida encerrada.
                  Liberanos Domine,
                  ¿Palacio? guarda: ¡Jesús!
BARRETO   Dime, Guiomarilla, pus,
                  ¿Cómo te has salido, eh?
GUIOMAR   No sé como te proponga
                  esta repentina muda:

con mondongas era ayuda,
y con ayudas mondonga.
Aquella eterna pensión
del estar siempre esperando;
aquel estarme tasando
con una escasa ración;
aquel sisar la mitad
el que va por la comida,
la reverencia cumplida,
la fingida gravedad;
servir mucho y medrar poco,
y ver que en aqueste encanto,
el portero era mi espanto,
el guarda-damas mi coco.
Si algún corredor conquista
Amor para entretenerme,
era menester ponerme
antojo de larga vista.
La celosía inhumana
en la ventana mejor,
adonde surcó el amor
el estrecho cerbatana;
pensar que he de ser añeja
y que a salir remediada
cuando ya salga casada,
es señal que seré vieja,
Y si desto no te enfadas,
vengo, y libertad me llamo:
más quiero servir a un amo
que servir tantas criadas.

BARRETO	A aquese lado te arrima.
GUIOMAR	Triste llega mi Señor.
BARRETO	En las pintas del amor
	vino la del Rey encima.

(*Sale* JUAN.)

JUAN	Barreto, ¿tú estás aquí?
BARRETO	Y Guiomar está a mi lado,
	porque a palacio ha dejado

	sólo por servirte a ti.
JUAN	Idos los dos allá fuera.
	¡Oh sentimiento mortal!
	Este cuerpo de mi mal,
	¡Qué prolija muerte espera!
BARRETO	¿Qué tienes? ¿qué ha sucedido?
JUAN	Estoy enfermo, Barreto.
	(*Ap.* Pero es de honor.)
BARRETO	En efeto,
	voy por médico, si ha sido
	el accidente mortal.
JUAN	No estés, Barreto, importuno,
	que no habrá médico alguno
	que pueda curar mi mal.
BARRETO	Bueno es por Dios, que eso ignoras,
	cuando yo su ciencia sé:
	responde, Señor, ¿pues qué,
	curan algo los doctores?

Apeose un médico a hablar
a otro médico estafermo
a la puerta de un enfermo
que él venía a visitar
de una postema, o flemón
que en la garganta tenía
y sobre cómo vivíatrabaron conversación,
y para hablar sin trabajo
la mula al portal envía:
es a saber, que vivía
el enfermo en cuarto bajo.
La mula con desenfado,
con gualdrapa y ornamento,
se fue entrando al aposento
adonde estaba acostado
el enfermo, que sintió
herraduras, con dolor
dijo: «Aqueste es el doctor»;
sacó el pulso, y no miró:
la mula, que miró el brazo
sin saber sus accidentes,
tomó el pulso con los dientes

con grande desembarazo.
Él volvió el rostro con tema
y salió a echarla en camisa,
pero diole tanta risa
que reventó la postema.
El médico que la vio,
para que el mozo la agarre,
le dijo a la mula: Arre: -
y él dijo al médico, «Jo,
señor doctor, yo he quedado
absorto del caso, y mudo,
la postema, que él no pudo,
su mula me ha reventado;
y si esto otra vez me pasa,
aunque el caso me atribula,
envíeme acá su mula
y quédese usted en casa.»

JUAN
BARRETO   Borracho.
                         Lindo despacho:
¿Piensas que me has ofendido?
¿No es peor morir marido?
¿Es muy malo ser borracho?
¿Es ser borracho bajeza?
Di, por tu vida, Señor,
la sangre que es la mejor,
¿no es la sangre de nobleza?
Luego es grande desatino
decir que no es grande honor,
pues es la sangre mejor
la sangre que cría el vino.
Un saludador verás
que da de soplo salud:
no es del soplo la virtud,
sino del tufo no más.
¿No me dejas?

JUAN
BARRETO   Necio estoy,
y ya de límite pasa.

(*Sale* VASCO.)

VASCO			¿Está Juan Lorenzo en casa?
JUAN			¿Quién se ha entrado aquí?
VASCO					Yo soy.
JUAN			Pues don Vasco, ¿qué hay de nuevo?
VASCO *(Ap.)*		Torpe la voz, mudo el labio,
			le vengo a decir su agravio,
			y a decirle no me atrevo.
			El Rey, mi dueño y señor,
			me ha mandado que le diga
			(¡Oh cómo el precepto obliga!)
			que acepte a doña Leonor;
			y como es de su honor mengua,
			quisiera en estos enojos
			decírselo con los ojos
			y callarlo con la lengua.

JUAN			Vuestra pena y vuestro espanto
			mueva la lengua veloz:
			¿Tan balbuciente la voz,
			y tan retórico el llanto?
			Decid el suceso, ea,
			no me tengáis tan neutral,
			no puede ser tanto el mal
			como yo espero que sea.

VASCO			¿Vos no sois siempre mi amigo?
JUAN			Sí soy.
VASCO *(Ap.)*			No hay que recelar
			mas no se lo he de contar.
JUAN			Acabad, don Vasco.
VASCO					Digo,
			que echéis fuera esa criada.
JUAN			Vete, Guiomar, allá fuera.
GUIOMAR		Obedecerte quisiera:
			el alma tengo turbada. *(Vase.)*
VASCO			¡Yo propio he de deshonrarle!
JUAN			¡Y cómo recelo oírle!
			¿Si es gran mal para decirle,
			cuál será para pasarle?
VASCO			Digo que el Rey me ha mandado,
			que os diga, que vuestra esposa...
JUAN			El alma tengo dudosa.

VASCO	Así, echad ese criado.
JUAN	Vete.
BARRETO	No me han de quitar,
	aunque mi amo lo ha mandado,
	puesto que soy su criado,
	el oficio de escuchar.
JUAN	Decid.
VASCO	El Rey, singular,
	y todos los demás reyes,
	pueden promulgar las leyes,
	y las pueden derogar;
	y así, el Rey (¡válgame Dios!)
JUAN	Ya no hay quien echéis, y puedo...
VASCO	Para contarlo sin miedo,
	os quisiera echar a vos:
	¡Que me obligue el Rey a mí
	a que le diga su intento!
JUAN	Decid vuestro sentimiento.
VASCO	¿Quedaréis mi amigo?
JUAN	Sí.
VASCO	En fin, ¿no me culparéis?
JUAN	Sois mi amigo y sois mandado.
VASCO	¿Pensáis que yo estoy culpado?
JUAN	A mi amistad ofendéis.
VASCO	¿Tendréis valor para oír...
JUAN	¿Valor decí? ¿a quién?
VASCO	A vos.
JUAN	Soy quien soy.
VASCO	Pues, vive Dios,
	que no os lo quiero decir. *(Vase.)*
JUAN	Vasco, no me satisfago,
	estando neutral mi vida,
	de que ha de ser más la herida
	de lo que ha sido el amago.

(Sale DON CLAUDIO.*)*

DON CLAUDIO	Vos seais muy bien hallado.
JUAN	¿Qué es esto? decid, que yo...
DON CLAUDIO	Acuña, el Rey me envió

                              para daros un recado.
JUAN   Sentaos, si el Rey os obliga.
DON CLAUDIO   No vengo con tanto espacio:
                   que os lleguéis luego a Palacio
                   me ha mandado el Rey que os diga.
JUAN   Que luego iré a hablarle digo.
                   (*Ap.* ¡Ab cielos, y quien pudiera...
DON CLAUDIO   No ha de ser de esa manera,
                   que habéis de venir conmigo.
JUAN   ¿Mándalo el Rey? ¿Es prisión?
DON CLAUDIO   Juan Lorenzo, yo me holgara.
JUAN   ¿Es destierro?
DON CLAUDIO   Amor me para.
JUAN   ¿Mi muerte?
DON CLAUDIO   ¡Qué confusión!
JUAN   ¿Qué, murió Leonor también?
DON CLAUDIO   En desdicha tan mortal,
                   solamente aqueste mal
                   fuera el que os hiciera bien.
JUAN   Goce ella tan feliz suerte
                   en sus brazos repetida
                   y con ella tenga vida,
                   ¿Qué me importa a mí la muerte?
DON CLAUDIO   Su vida os ha de matar.
JUAN   ¿Esto cómo puede ser?
DON CLAUDIO   Sois objeto del poder.
JUAN   ¿Quién se ha muerto del dudar?
                   ¿No me lo podéis decir?
DON CLAUDIO   No puedo.
JUAN   Solos estamos.
DON CLAUDIO   Vamos, Juan Lorenzo.
JUAN   Vamos:
                   vida es llevarme a morir.
DON CLAUDIO   Y será, el blasón mayor...
JUAN   Que no me habléis más os pido.
DON CLAUDIO   Juan Lorenzo, id prevenido.
JUAN   Ya va conmigo el valor.

(*Vanse.*)

(Sale EL REY, LA INFANTA, DOÑA LEONOR, VASCO *y
acompañamiento.)*

INFANTA   Católico Rey Fernando,
a cuyas plantas angostas
se ofrecen para despojos
tantas agarenas lunas:
yo soy la Infanta Leonor
que a ser vino esposa tuya
y la que lleva a su reino
por blasones tus injurias.
El cuello de tu afición
sujetaste a la coyunda,
o al peso más amoroso
de la más bella hermosura,
al tiempo que yo en mi reino
le presté a la fama plumas;
goza a doña Leonor Téllez
y mi lugar sustituya,
que yo me vuelvo a mi reino,
donde haré que el parche influya
en mis vasallos leales
valor a venganzas justas;
arderá el campo en venganzas
y de roja sangre pura...

REY   Detened, Infanta bella,
porque hoy es justo que suplan
mi recompensa a mi error.
Por palabras y escrituras
casado estaba con vos;
y para que esto se cumpla,
puedo, pues importa al reino,
repudiar por causas justas
mi propia esposa; y así,
hoy quiero que sustituya
una Reina natural
la que no es Reina absoluta,
y pues yo os di mi palabra...

INFANTA   No prosigas, que te excusas
por hacerme una lisonja

de achacarte a tí una injuria;
ya no pienso ser tu esposa,
pues tu propio a ti te acusas;
¿Qué hará a quien no tiene amor
si a la que quiere repudia?

(*Sale* EL MAESTRE.)

MAESTRE   Y yo también he alcanzado
parte desta ofensa suya,
pues siendo yo quien la traje
a mí con ella me injurias;
y a no ser Rey y mi hermano,
vive esa campaña pura
donde son flores hermosas
los luceros que la ilustran,
que hiciera...
REY   Tened, Infante.
DOÑA LEONOR   ¿Qué niebla los rayos turba
adonde el sol del amor
tantos imperios alumbra?
VASCO   Quien a la tórtola dulce
que con su esposa se arrulla
en nido...
REY   Callad, don Vasco;
¿Vuestra lengua aún articula
contra los decretos míos
inadvertencias caducas?
¡Vive el cielo!... Y como vos
decid.   (*Al Maestre.*)
MAESTRE   Señor, si es disculpa...
REY   A las alas de mi especie
sabré yo cortar las plumas.

(*Salen* JUAN LORENZO, DON CLAUDIO Y BARRETO.)

DON CLAUDIO   Juan Lorenzo está en la sala.
JUAN   Y el que a tus plantas consulta
con el labio, que es el voto
de una obediencia tan justa.
REY   Vos seáis muy bien venido:

	alzad, Acuña, del suelo.
DOÑA LEONOR *(Ap.)*	¡Viva estatua soy de hielo!
JUAN	Ya el mal está prevenido.
VASCO	¡Hay acción más rigurosa!
JUAN	A que me mandéis espero.
REY	Pues lo que mandaros quiero
	es que os llevéis vuestra esposa.

(*Túrbase* JUAN LORENZO.)

JUAN	¿Pues quién es mi esposa aquí
	si es Reina doña Leonor?
	Porque la Infanta, Señor,
	no es esposa para mí.
	En tan grandes intereses
	declarad el premio ya:
	¿Quién la mano me dará?
REY	Doña Leonor de Meneses.
JUAN	¿Esa es la que he de aceptar?
REY	Así mi poder lo advierte.
JUAN	Pues, Señor, dadme la muerte
	que no la pienso llevar.
REY	Ea, dad la mano vos.
DOÑA LEONOR *(Ap.)*	¡Que esta injuria sufra el cielo!
JUAN	De vuestra sentencia apelo
	para el tribunal de Dios.
REY	Juan de Acuña, esto ha de ser.
BARRETO	Ahora la espada empuña.
JUAN	¿Por qué me llamáis Acuña
	si os tengo de obedecer?
REY	Dadla la mano, y callad.
JUAN	Pues advierta vuestra alteza,
	que turbando mi nobleza
	eclipsa su majestad;
	porque en mis afectos hallo
	que es mal consultada ley
	que mano que fue de un Rey
	lo baje a ser de un vasallo.
REY	Honor vuestro viene a ser
	como en mi poder se muestra,

que venga a ser mujer vuestra
la que ha sido mi mujer;
siendo vuestra, la admití
por Reina que el mundo vio;
pues no hacer lo que hice yo
es hacerme ofensa a mí.
Vuestra y mía fue en un día;
luego, aunque más me culpáis,
¿Qué mucho que la admitáis
después que ya ha sido mía?

JUAN   Aunque es eso así, Señor,
vuestro disgusto os engaña,
lo que es en el rey hazaña,
es en el vasallo error.
Vos sois absoluto Rey
de vuestro imperio, y así
la ley que me obliga a mí
no os obliga como ley.
Pues reparad ¡oh Señor!
que así eclipsáis mi nobleza:
lo que es para vos grandeza,
es para mí deshonor.

REY   Dejemos las digresiones
que esto ha de ser, vive el cielo.

JUAN   Muerte hay para los rebeldes:
una vida sola os debo,
mas no el honor, vive Dios.

REY   Fuera castigo pequeño
a inobediencia tan grande
vuestra vida, y así quiero
que le deis luego la mano
y daros la muerte luego.

JUAN   Dejad que el acero arroje
que a vuestro acero dio aceros,
porque no le estará bien
tener tan cobarde dueño.

(Arroja la espada.)

REY   Llegad vos, doña Leonor.

DOÑA LEONOR *(Ap.)*   ¡Qué poco a mi pena debo
                    pues no me mata mi pena!

(Vase llegando DOÑA LEONOR *poco a poco o darle la mano.)*

JUAN   ¡En fin, Señor, que con esto
                    le pagáis tantas victorias
                    como debéis a mi esfuerzo!
                    Veneno hay que beba yo
                    por los ojos; venga luego,
                    beba yo en él la ponzoña
                    y no de mis sentimientos.
                    ¡Oh pese a mi que los sufro,
                    no fueran mi puñal mesmo!

(Empuña la espada contra LEONOR.)

                    ¿Qué quieres, doña Leonor?
                    Leonor, en fin, ¿esto es cierto?
                    En fin, ¿la he de recibir?
                    ¿Cómo lo digo y no muero?
                    ¡Oh! La espada de la honra
                    ¿Qué hace en la vaina del pecho?
                    ¡Que he de recibirla!
REY   Sí.
JUAN   Pues, Señor, ya os obedezco
                    ¡Que me acometa el dolor
                    y que no ejecute luego!
                    Sepa el mundo, España sepa,
                    que mi natural Rey mesmo
                    me ha dado muerte a la honra
                    dejándome vivo el cuerpo.
                    Luto se ponga a mi fama
                    por la muerte de mis hechos
                    hace bien el Rey, es Rey,
                    recibir mi esposa debo.
                    Ea, dame tú la mano,
                    dame con ella el veneno
                    de la confección de injurias
                    para que relaje el pecho.

(Arrímase a LEONOR y cógela la mano por fuerza.)

                         Dame la mano, Leonor;
                         pero si mi sentimiento...
                         si ahora... si yo... si aquí...
                         si mi vida...

(Cae de espaldas en una silla asido a la mano de LEONOR.)

REY   ¿Qué es aquesto?
DON CLAUDIO   Barajada la color,
                        la voz remisa en el pecho...
DOÑA LEONOR   Suelta la mano, Señor.

(Tira de su mano LEONOR.)

DON CLAUDIO   Ya la ha dejado, y ya veo
                        que para decir su agravio
                        no tuvo aliento su aliento.
VASCO   Cadáver ya le distingo.

(Aparta EL REY a un lado a VASCO y hablan los dos.)

REY   Oídme, don Vasco, ¡oh cielos!
                        ¿Cómo aquesta muerte ha sido?
VASCO   De vuestra ilusión me acuerdo
                        cuando le visteis en sombra
                        sin conocer vuestros yerros,
                        mandastes como cruel
                        y él como obediente ha hecho;
                        tal quedara con su vida
                        que de su muerte me alegro.
REY   ¿Pues qué veneno ha bebido?
VASCO   No es veneno el que le ha muerto,
                        y es veneno el que le mata;
                        todo es y no es a un tiempo,
                        que si el veneno ha faltado,
                        también la afrenta es veneno.
REY   ¿Pues qué he de hacer?
VASCO   Ya, Señor,
                        hoy mis consejos os niego,

REY
que aunque vinieron temprano,
llegan tarde mis consejos.
Pues si no es para su vida,
para todo hallo remedio.
Doña Leonor de Meneses
ha de quedar por mi dueño,
porque quiero honrarme yo
con lo que a su esposo ha muerto;
y pues que la Infanta vino
por mi sangre, y yo la debo
darla mi propia persona,
otro como yo la entrego:
hoy de mi hermano en los brazos
goce el divino himeneo.
Y a ti, honor de Portugal,
escríbate en bronce el tiempo,
y para eterna memoria
queda en láminas impreso,
con el buril del dolor
también la afrenta es veneno.

PRIOR
Y aquí tiene fin, Senado,
este caso verdadero
del Rey don Fernando el Nono,
hijo del cruel don Pedro.

VASCO   Perdonadle como nobles.
PRIOR   Aplaudidle como cuerdos.
TODOS   Porque debamos el vítor
a quien el favor debemos.